CB082467

VIDAS SECAS
EM CORDEL

© 2024 – Todos os direitos reservados

GRUPO ESTRELA

Presidente: Carlos Tilkian

Diretor de marketing: Aires Fernandes

EDITORA ESTRELA CULTURAL

Publisher: Beto Junqueyra

Editorial: Célia Hirsch

Coordenadora editorial: Ana Luíza Bassanetto

Diagramação: Overleap Studio

Revisão de texto: Luiz Gustavo Bazana

Preparação: Marco Haurélio

Adaptação: Stélio Torquato Lima

Ilustrações: Jô Oliveira

Dados Internacionais de Catalogação na Publicação (CIP)
(Câmara Brasileira do Livro, SP, Brasil)

Lima, Stélio Torquato
  Vidas secas em cordel / Graciliano Ramos ; adaptação Stélio Torquato Lima ; ilustração Jô Oliveira. – Itapira : Estrela Cultural, 2024.

ISBN 978-65-5958-125-2

1. Literatura de cordel - Brasil 2. Ramos, Graciliano, 1892-1953 I. Ramos, Graciliano. II. Oliveira, Jô. III. Título.

24-198079   CDD-028.5

Índices para catálogo sistemático:

1. Literatura de cordel : Literatura infantil 028.5
2. Literatura de cordel : Literatura infantojuvenil 028.5

Tábata Alves da Silva - Bibliotecária - CRB-8/9253

Proibida a reprodução total ou parcial, de nenhuma forma, por nenhum meio, sem a autorização expressa da editora.

1ª edição – Itapira, SP – 2024 – Impresso no Brasil
Todos os direitos de edição reservados à Editora Estrela Cultural Ltda.

Cultural

Rua Roupen Tilkian, 375
Bairro Barão Ataliba Nogueira
CEP 13986-000 – Itapira/SP
CNPJ: 29.341.467/0001-87
estrelacultural.com.br
estrelacultural@estrela.com.br

CENTRO ESTRELA DE ATENDIMENTO AO CONSUMIDOR
www.estrela.com.br

GRACILIANO RAMOS

VIDAS SECAS
EM CORDEL

ADAPTAÇÃO
STÉLIO TORQUATO LIMA

ILUSTRAÇÕES
JÔ OLIVEIRA

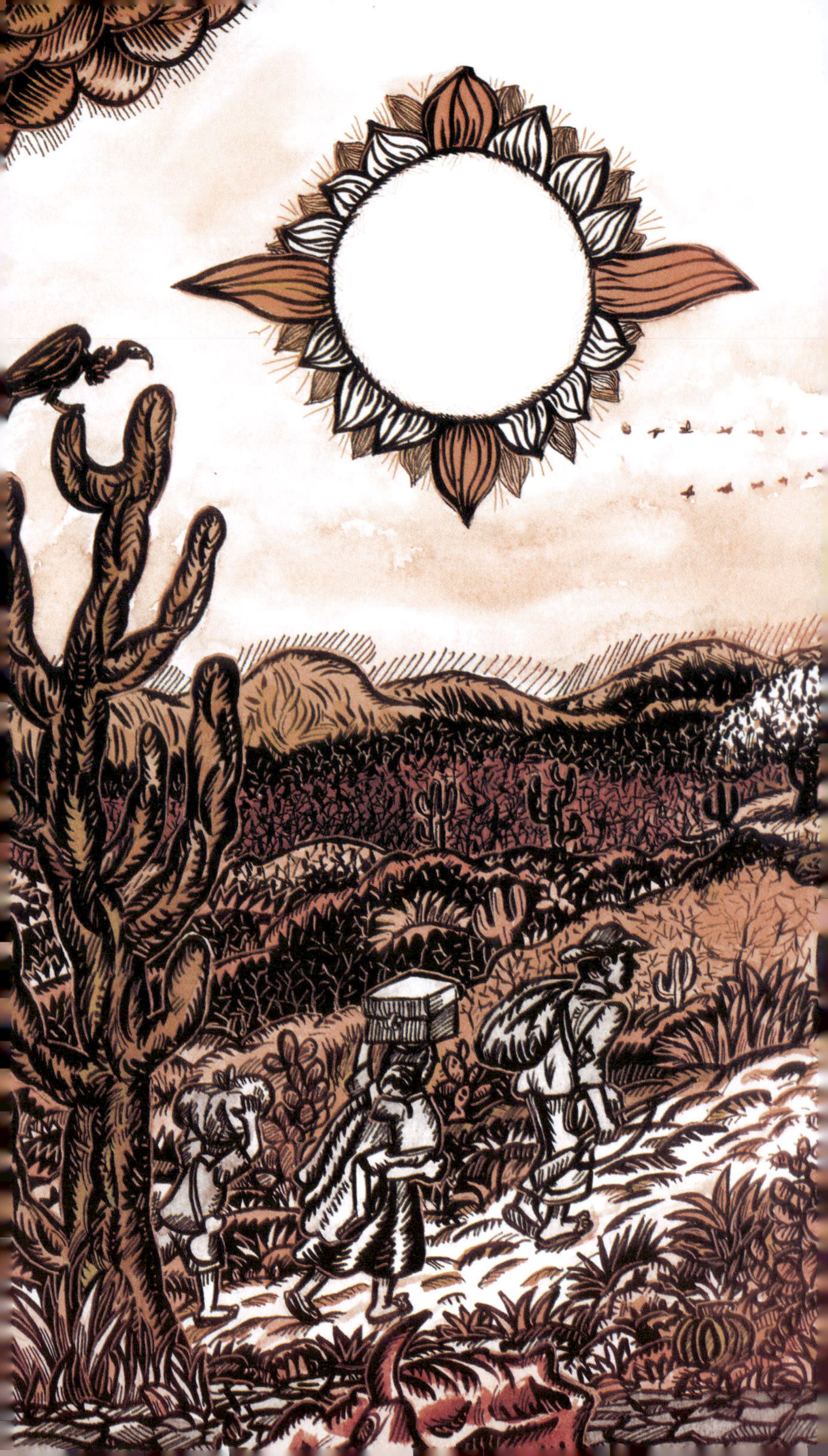

Que Deus, o Pai do Universo,
Me ajude a ser fiel
Ao adaptar um clássico
brasileiro pra o cordel.
Vidas secas é a obra
Que tem belezas de sobra
E denúncias a granel.

Pérola do Modernismo,
Em sua segunda fase,
Nela se vê que o autor
Era um mestre da frase
Límpida, **minimalista**.
No viés **regionalista**
O livro tem sua base.

O livro traz a denúncia
Da triste situação
Do nordestino sofrido
Que reside no Sertão.
Este, além da estiagem,
Sofre com politicagem,
Violência e exploração.

* Os termos em negrito são explicados após o final da narrativa, na seção "Glossário".

O autor foi magistral
Na exploração do tema,
Mostrando tanto os efeitos
Como as causas do dilema
Do sertanejo açodado.
E o livro foi transformado
Em um clássico do cinema.

O seu foco vai além
Do universo exterior,
Sendo também magistral
Ao focar no interior
Confuso das personagens.
Psicológicas sondagens
Que fascinam o leitor.

Sem mais delongas, passemos
Para a adaptação
Dessa obra de valor,
Obra-prima, criação
Do grande Graciliano,
Um escritor soberano,
Um mestre da ficção.

CAPÍTULO 1
MUDANÇA

NA PLANÍCIE AVERMELHADA, MANCHAS VERDES DE JUAZEIRO.

Os infelizes haviam
Caminhado o dia inteiro.
Seguiam muito cansados
E, pela fome, alquebrados,
Sob o sol, cruel braseiro.

Quase sempre andavam pouco.
Mas, por terem repousado
Na areia do rio seco,
Tinham eles caminhado
Por três **léguas**, mais ou menos.
Uma sombra pra os pequenos
Busca o pai desesperado.

Assim, para os **juazeiros**,
Foram indo devagar.
À frente, Sinha Vitória,
Com o caçula a ressonar
No seu quarto, se arrastava.
À cabeça, ainda levava
Baú de folha vulgar.

Sombrio, ia Fabiano
Ao lado, tendo com ele
O **aió** a tiracolo
E a **cuia** presa nele
Por uma correia parda.
E se achava uma espingarda
No ombro direito dele.

O seu menino mais velho
Caminhava um pouco atrás.
Ia ao seu lado Baleia,
Uma cadela sagaz
Que sempre que algo caçava
Para os donos entregava,
Sem provar nada, aliás.

O mais velho, se sentando
No solo seco, chorou.
"Seu condenado do Diabo,
Se levanta!" – O pai bradou.
Logo a criança tão fraca,
Com a bainha da faca,
Fabiano fustigou.

A **caatinga** se estendia
De um vermelho salpicado
De manchas brancas que eram
Ossadas. No azulado
Céu, os urubus, em bando,
Vendo bichos expirando,
Giravam com muito agrado.

"Anda, **excomungado**, anda!" –
Vendo os urubus, bradou.
Não se mexendo o pirralho,
Matá-lo ele desejou.
Era rude. E quis culpar
Alguém pelo seu pesar.
Então, na seca pensou.

"A seca era necessária!" –
Fabiano avaliava.
E logo a teima do filho
Novamente o irritava.
Não sabia aonde ir,
Só que tinham que seguir,
E a criança os freava.

As trilhas de espinho e seixo
Eles haviam deixado.
Pisavam a margem do rio,
De solo seco e rachado
Que os pés deles escaldava.
O menino que os parava
Deixava o pai irritado.

Pelo atribulado espírito
Do sertanejo passou
A ideia de abandonar
O filho. Porém, pensou
Nos urubus e ossadas.
Vendo as trilhas calcinadas,
A barba ruiva coçou.

Sinha Vitória estirou
O beiço seco indicando
Vagamente a direção.
E com a garganta gerando
Alguns sons, de modo incerto,
Dizia que estavam perto,
Que já estavam chegando.

Pondo a faca na bainha
E esta no cinturão,
Foi se acocorando ao lado
Do seu menino, que, então,
Pela fome, se encolhia.
Logo desaparecia
A raiva do cidadão.

Fabiano teve pena.
Impossível abandonar
Aos bichos o seu anjinho,
Que já não podia andar.
Sua espingarda entregou
À esposa, e o levantou
Pra no **cangote** o levar.

Sinha Vitória aprovou
Esse arranjo do marido.
Um novo som gutural
Foi por ela produzido,
Indicando um juazeiro
Invisível. O parceiro
Mostrou que havia entendido.

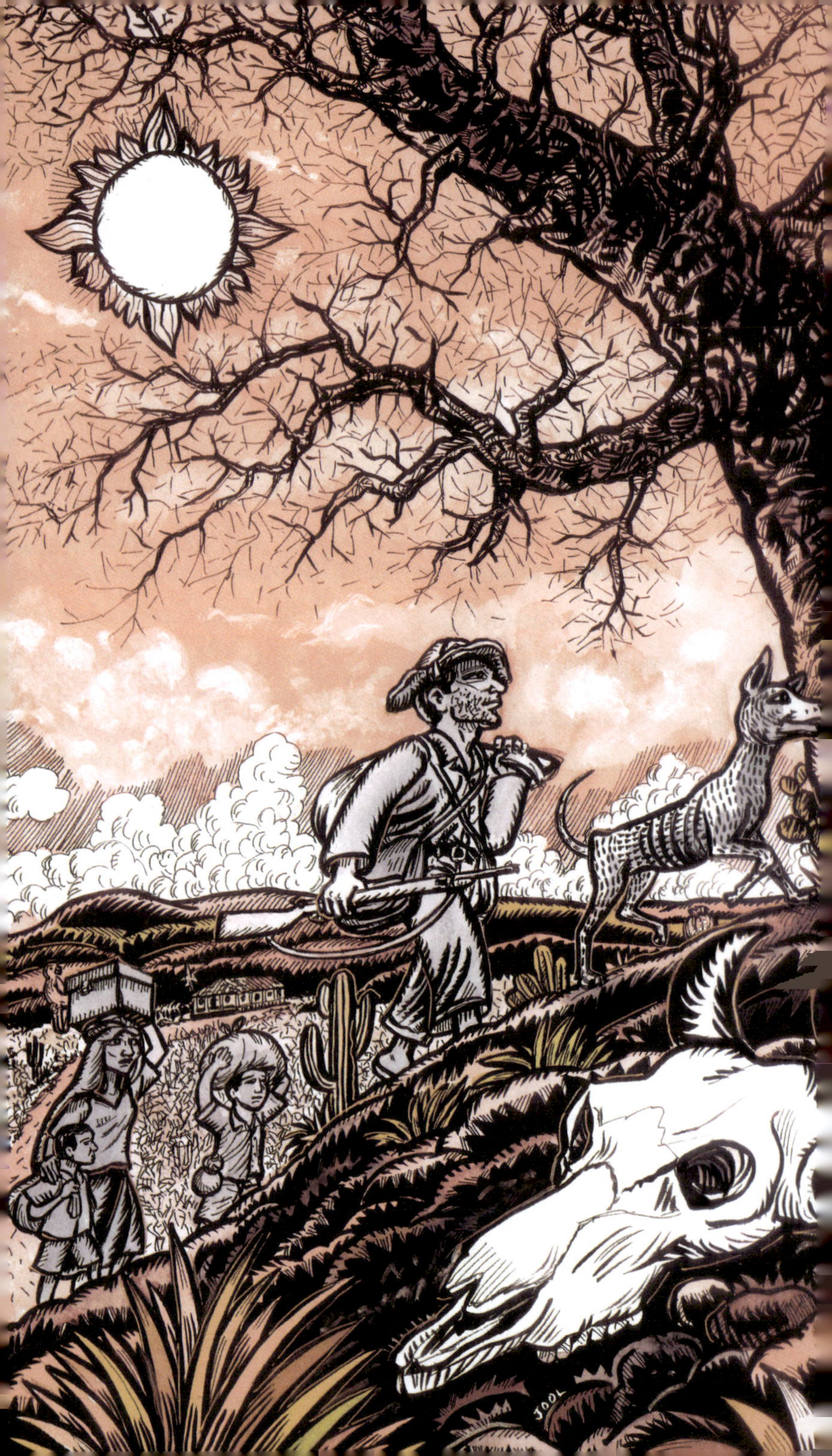
JOOL

A viagem prosseguiu
Mais lenta, mais arrastada,
Feita num silêncio grande
Entre pedra, espinho, ossada.
Com Fabiano pra trás,
À frente ia a sagaz
Baleia resignada.

Com as costelas à mostra,
Arqueada ela seguia.
De vez em quando, ofegante,
Língua pra fora, corria.
Porém, logo ela parava,
Pelo outros, esperava,
E só então prosseguia.

Até a véspera, havia
Um sexto sobrevivente:
Era um papagaio, que,
Para um gado inexistente,
Insolitamente **aboiava**,
Como o dono costumava
Fazer bem recentemente.

Também latia, imitando
A sua amiga Baleia.
Mas, ao encontrarem sombra
E se sentarem na areia,
Sinha Vitória o matou,
Posto que a fome apertou,
A situação era feia.

Antes, a buscar raízes,
Fabiano se entregara.
Já o pouco de farinha
Que levavam acabara.
Um berro de **rês** perdida
Na caatinga ressequida,
Em vão, o grupo aguardara.

Sinha Vitória pensava,
Queimando o assento no chão,
Em vaquejadas, novenas,
Casamentos... E, então,
Com um grito despertou:
Era a ave, e a matou
Com raiva e de supetão.

Justificou-se: era muda.
Não tinha, assim, serventia.
Mas, como falavam pouco,
Como falante seria
A ave de estimação?
O certo é que, desde então,
Dela ninguém se esquecia.

Os seus pés, cabeça e ossos
A cadelinha comeu.
Foi a única que, da ave,
Prontamente se esqueceu.
Mas a ausência estranhava
Da gaiola onde estava
O pequeno amigo seu.

As manchas dos juazeiros
Tornaram a aparecer.
Isso levou Fabiano
De imediato a esquecer
Das dores, fome e cansaço.
E, aligeirando o passo,
Permitiu-se reviver.

Bem gastas as **alpercatas**
De Fabiano se achavam.
Pela embira, rachaduras
Entre os dedos se formavam.
Seus calcanhares, escuros
Por tanta poeira e duros
Como dois cascos, sangravam.

Num cotovelo da trilha,
Uma cerca ele encontrou.
Então, de encontrar comida,
A esperança renovou.
Tentou cantar, mas bem rouca
Saiu a voz. E a pouca
Força que tinha poupou.

Ao pátio duma fazenda,
Seguindo a cerca, chegaram.
O chiqueiro e o curral
Desertos eles acharam.
E a casa do vaqueiro
Defronte a um juazeiro
Fechada eles encontraram.

Cada lugar ao redor
Do casarão da fazenda
Examinou Fabiano,
Na esperança estupenda
De achar algum animal
Perdido pelo local,
Pois a fome era tremenda.

Por mais que tenha buscado,
Nenhum animal achou.
Debaixo de um juazeiro,
Ao retornar, encontrou
Sua família a dormir.
Pra uma fogueira, a seguir,
Paus e gravetos juntou.

Quando Fabiano estava
A fogueira preparando,
Baleia, apurando o faro
E as orelhas levantando,
Para a mata disparou.
Logo com **preá** voltou,
Que a Fabiano foi dando.

Feliz, ele deu um grito
E a família acordou.
O primogênito, esfregando
As pálpebras, afastou
Alguns pedaços de sonho.
O menor, antes tristonho,
A sorrir se levantou.

Viu Fabiano uma nuvem
Pela imensidão passando.
Tocou no braço da esposa
E os dois ficaram olhando
Pro céu com ansiedade,
Mesmo com a claridade
Do Sol lhes importunando.

Após enxugarem as lágrimas,
Dos filhos se aproximaram.
Que a nuvem se desfizesse,
Bastante os dois recearam.
"Que, por um milagre incrível,
Vença esse azul terrível!" –
Em oração, imploram.

Uma haste de alecrim
Um dos meninos quebrou
Pra servir de espeto à presa
Que a cadelinha apanhou.
Enquanto isso, o vaqueiro,
Pra apanhar água, ligeiro
Um rio seco escavou.

Como a água estava suja
Devido ao chão calcinado,
Com calma ele encheu a cuia,
Que bebeu. E, saciado,
Ali veio a se deitar,
E começou a pensar
Ao olhar o céu nublado.

Viu que uma nuvem crescera,
Já todo o morto cobria.
Com a esperança da chuva,
Fabiano não sentia
As dores das rachaduras.
Olhar as nuvens escuras
Alento e paz lhe trazia.

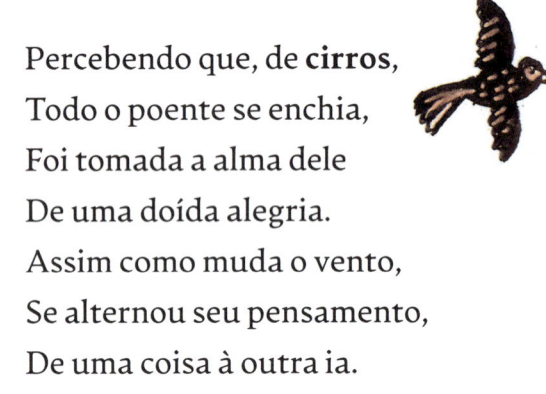

Percebendo que, de **cirros**,
Todo o poente se enchia,
Foi tomada a alma dele
De uma doída alegria.
Assim como muda o vento,
Se alternou seu pensamento,
De uma coisa à outra ia.

De início, na **bolandeira**
Do amigo Tomás, pensou:
"Onde anda Seu Tomás?
Como a bolandeira eu sou!".
Mas, surgindo a Lua bela
Com um halo em torno dela,
Pra chuva o pensar mudou.

No amigo da bolandeira,
Voltou ele a refletir.
Mas logo pensou: "Bastante
Estrela deve existir!".
Voltou na chuva a pensar,
Passando a imaginar
Como seria o porvir.

Então, pensou que a caatinga
Logo ressuscitaria.
Que, em breve, bastante gado
Para o curral voltaria.
Da fazenda abandonada,
Depois de revigorada,
Vaqueiro ele seria.

Retornariam os **chocalhos**,
Animando a solidão.
Brincariam os meninos,
Já gordos, com animação.
Saias vistosas teria
A esposa. E voltaria
A ficar verde o sertão.

Lembrou-se, então, da família,
Que sedenta se encontrava.
Voltando a encher a cuia,
Bem depressa retornava.
Mas para o recipiente
Não virar, foi bem prudente,
Com cuidado, caminhava.

Deu a cuia à sua esposa
E foi o preá assar.
Os ossos seriam dados
Para Baleia jantar.
Pôs no espeto a iguaria.
Depressa, o preá torcia
E começava a chiar.

Seriam todos felizes!
Sua mulher usaria
Saia larga de ramagens,
A cara remoçaria,
As nádegas iam crescer...
Inveja dela iam ter
Caboclas da **freguesia**.

A Lua ia crescendo,
Crescia a sombra leitosa.
Havia muitas estrelas...
Era uma coisa espantosa.
Com a brancura crescendo,
Só poucas estava vendo
Na abóboda formosa.

Ali perto, sobre o morro,
Viu que a nuvem crescia.
Ia chover... A fazenda,
De novo, renasceria.
E, então, com brevidade,
Naquela propriedade,
Ele é quem mandaria.

Olhou pra os troços minguados
Que se ajuntavam no chão:
A espingarda, o aió,
Baú e cuia. Então,
Viu o preá que chiava
Na fogueira que estalava
E sentiu grande emoção.

A ressurreição viria.
Logo as cores da saúde
Teria Sinha Vitória,
Como em sua juventude.
Seus filhos engordariam
E os chocalhos voltariam,
Pensava o vaqueiro rude.

Baleia agitava o rabo,
Para as brasas sempre olhando.
Não pensava em coisa alguma,
Somente estava esperando
Os ossos pra consumir.
Depois iria dormir,
Junto ao dono se deitando.

CAPÍTULO 2
FABIANO

NAQUELA NOITE, DORMIRAM DEBAIXO DO JUAZEIRO.

Pela manhã, Fabiano,
Indo à casa do vaqueiro,
Forçando a porta, a abriu,
E pra lá se transferiu
A família bem ligeiro.

Embora, ao chegar a noite,
Lá reinasse a escuridão,
Das cobras e dos insetos
Tinham ali proteção.
Frente ao que tinham passado,
Por demais aliviado
O grupo se achava então.

Não tardou pra vir a chuva;
De verde o chão se cobrir.
Com ela, chegou o dono,
Que os mandou dali sair.
Mas Fabiano implorou:
"Um bom vaqueiro eu sou!
Muito eu posso lhe servir!".

Com o fazendeiro acertou
Na palavra, sem escrito:
"De bezerro, a quarta parte,
E um terço de cabrito".
Disse, então, o fazendeiro:
"Seja correto, vaqueiro.
Se não for, eu lhe demito!".

E logo os bois e as vacas
Para seu curral voltaram.
Aos chiqueiros, tanto porcos
Quanto cabras retornaram.
E, entregue aos seus trabalhos,
Ouvia ele os chocalhos,
Que o pesar dele expulsaram.

Certo dia, sentiu falta
De uma **novilha** – a Raposa.
Pra tratá-la, **creolina**
Apanhou com sua esposa.
Baleia saiu com ele:
Era inseparável dele,
Como a luz e a mariposa.

Mas, por mais que a procurasse,
A novilha não achou.
Cruzou, sobre o rastro dela,
Dois gravetos e rezou.
"Se não encontrou a morte,
Com essa reza bem forte
Vai se curar!" – declarou.

Cumprida a obrigação,
Ele foi se levantando.
Com a consciência tranquila,
Para casa foi marchando
Com a cabeça inclinada,
A coluna bem curvada
E os braços movimentando.

Como seus antepassados,
Andava assim o sujeito.
E os filhos já estavam
Andando do mesmo jeito.
Seria algo ordinário
Ou seria hereditário,
Algo herdado com efeito?

Ao passar no rio seco,
Às vezes só de veneta,
Na lama branca por cima
E, por baixo, mole e preta,
Um chape-chape gerava
A alpercata que usava
Ao andar todo gambeta.

Ele pisou com firmeza
No chão gretado. Puxou
A faca de ponta e as unhas
Sujas **esgaravatou**.
Retirou do aió dele
Fumo e palha. Então ele
Um cigarro preparou.

Disse em voz alta: "Você
É um homem, Fabiano!".
Vendo os meninos, pensou
"Vão achar que sou insano
Por falar comigo mesmo.
Revendo sua fala, a esmo,
Julgou que não era humano.

Sim! Ele não era homem,
Pois era **cabra** ocupado
Em guardar coisas dos outros.
Mesmo com olho azulado,
Cabelo ruivo e branquelo,
Era só um **amarelo**,
De outros brancos, empregado.

Temendo ter sido ouvido,
Corrigiu-se: "Você é
Só um bicho, Fabiano,
Pois tudo enfrenta com fé.
Depois de fome passar,
Está agora a fumar.
Está forte e gordo até!".

Orgulhou-se de ser bicho,
De tudo ter enfrentado.
Tinha criado raízes,
Achando-se bem plantado.
Era como a **catingueira**
E a **baraúna** altaneira:
Jamais seria abalado.

Ele, a mulher, os dois filhos
E sua fiel cadela
Estavam presos à terra,
Agarrados firme nela.
Iam resistir, assim,
A todo tempo ruim,
A qualquer seca ou procela.

De súbito, se entristeceu:
Era planta em terra alheia.
Antes ser judeu errante,
Que pelo mundo vagueia.
Lambê-lo Baleia veio,
E ele disse com enleio:
"Você é bicho, Baleia".

Vivia longe dos homens,
Os **rincões** eram seus nichos.
Seus pés duros como cascos
Quebravam os **carrapichos**.
Por fala, sons guturais,
Semelhante aos animais.
Era, pois, igual aos bichos.

Às vezes, com as pessoas,
Ele se comunicava
Com a mesma linguagem que
Com os animais usava:
Onomatopaicos sons
E exclamações em tons
Agudos utilizava.

Qualquer coisa um dos meninos
Para ele perguntou.
"Esses diabos têm ideias!" –
sem entender, exclamou.
Mas se arrependeu depressa,
Tendo achado errado à beça
Aquela expressão que usou.

Recordando-se da infância,
Viu-se miúdo, enfezado,
Com a camisa encardida
E pegando no pesado
Bem ao lado do pai dele,
A quem muitas vezes ele
Coisas tinha perguntado.

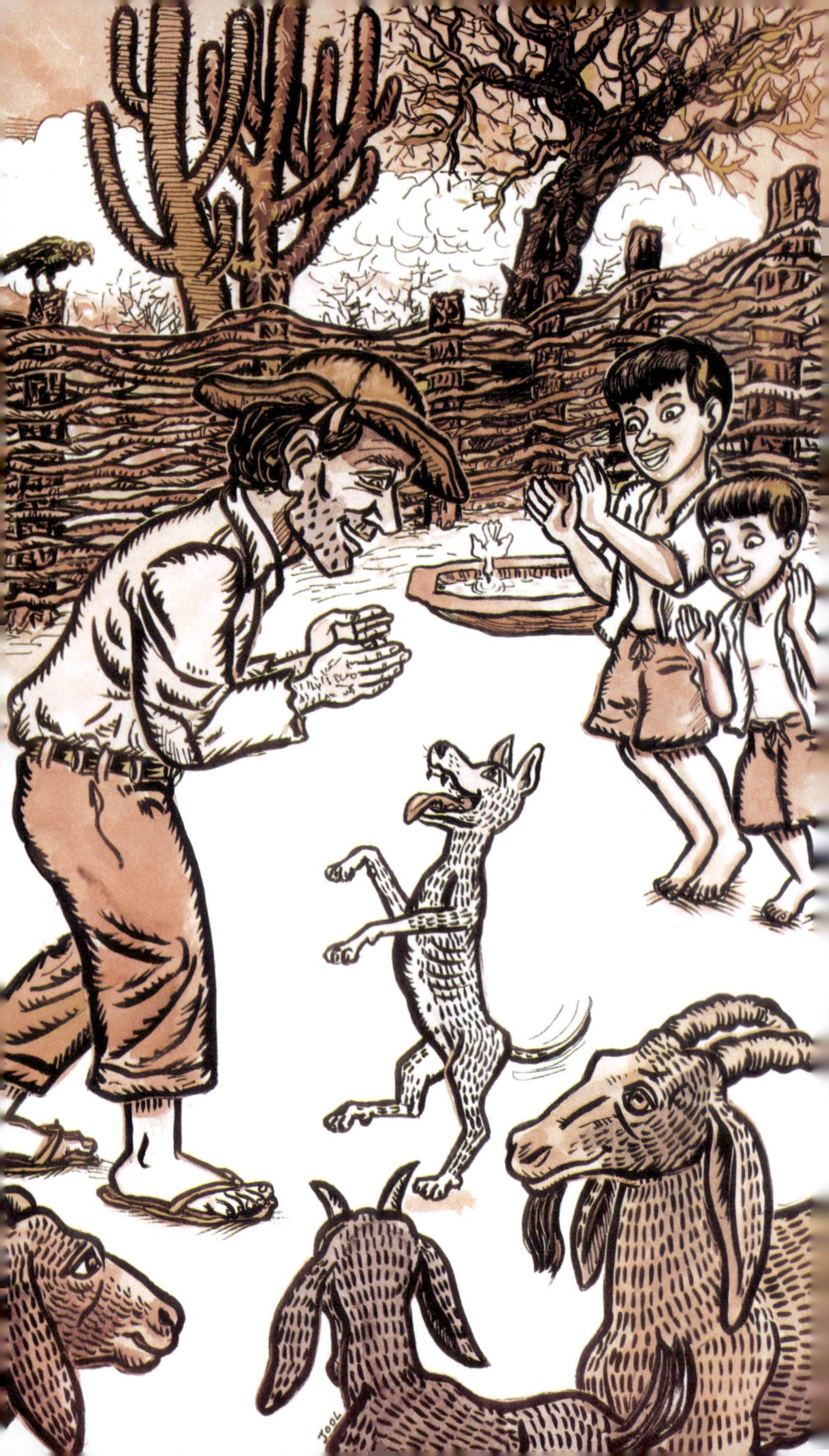
JOOL

Chamando os filhos, falou
De coisas do seu serviço.
Queria que os dois meninos
Se interessassem. Por isso,
Batendo palmas, bradou:
"Ecô! Ecô!". Mal falou,
Veio o cão com rebuliço.

Os meninos adoraram
O poder que ele tinha
De usar palmas e sons
Pra dar ordem à cadelinha.
Logo o foram imitando
E a ordem foi acatando
A inquieta cachorrinha.

Com a ordem, ia à procura
Da Raposa, a tal novilha
Que havia se perdido
Por abandonar a trilha
Que o gado utilizava.
Isolada, pois se achava
Qual náufrago numa ilha.

Pensou Fabiano: "Devo
Falar com Sinha Vitória
Sobre qual educação
Seja a mais satisfatória
Para os meninos da gente.
Por hoje, eu estou contente:
Dei lição preparatória!".

"Eu preciso prepará-los
Para serem bons vaqueiros.
Cortar **palma** para o gado,
Saber cuidar dos chiqueiros
E outras coisas do ofício.
Dar ordem ao cão é início
Dos trabalhos rotineiros".

Sabiam pouco. A esposa
Não era disso culpada.
Com os arranjos da casa
Vivia sempre ocupada.
"Perguntadores viraram,
Em chatos se transformaram!" –
Pensou bravo o camarada.

Ficarem na ignorância
Era bem melhor, achava.
Assim, não perguntariam
Coisas que não dominava.
Se algo soubessem, ademais,
Iam querer saber mais,
Aquilo não mais parava.

Prontamente se lembrou
De Tomás da bolandeira.
"Do que adiantou para ele
Ter passado a vida inteira
Aos seus livros agarrado,
Se estava despreparado
Para a seca traiçoeira?".

"Várias vezes disse a ele
Que não regulava bem,
E que, chegando a desgraça,
Ia se estrepar também.
Porém, não me deu ouvido,
Talvez tenha até morrido,
Se mudado para o Além".

Em horas de maluqueira,
Fabiano desejava
Imitar Tomás. Palavras
Difíceis, então, falava.
Truncava tudo. Porém,
Cria que mandava bem,
E, agindo assim, melhorava.

"Tolice!" – depois falava,
Ficando desiludido.
Um sujeito como ele
Via-se não ter nascido
Para correto falar.
Do alheio ia cuidar:
Isso estava definido.

Pensou: "Seu Tomás jamais
Mandava em alguém: pedia.
Como já se viu tal coisa?
Esquisitice! Heresia!
Um branco remediado,
A mandar, fica obrigado,
Não usa de cortesia!".

"O meu patrão, por exemplo,
Vem aqui me dar **carão**.
Mal vem aqui. Quando vem,
Só me traz reclamação.
Eu faço tudo direito,
Mas digo "Sim!" pro sujeito,
Que vem mostrar que é patrão!".

Pensava em si como um traste.
Seria, assim, demitido
Quando seu patrão quisesse,
E o que havia recebido
Quando fora contratado
Deveria ser passado
Para o novo admitido.

Cama como a de Tomás
Sinha Vitória queria.
Para não contrariá-la
Nada pra ela dizia.
Cambembe luxo não tem.
Só pode, em seu vai e vem,
Carregar **quinquilharia**.

Ele dorme em qualquer canto,
Até debaixo dum pau.
Vive com a trouxa arrumada,
Uma vez que o tempo mau
Chega a ele a qualquer hora,
Obrigando-o a ir embora,
Num pesar de alto grau.

Se viesse a seca, o verde
Das plantas se extinguiria.
Como sempre fora assim,
Naturalmente viria.
Vinha a desgraça a caminho,
Talvez andasse pertinho
Com a morte por companhia.

Pra, da curiosidade
Dos seus meninos fugir,
Fabiano se benzeu,
Vindo a pensar, a seguir:
"Não quero morrer. Pois, antes,
Pessoas muito importantes
E terras vou descobrir".

Se no mato, qual tatu,
Escondido ele vivia,
Iria sair da toca,
Sua cabeça ergueria,
Tornando-se, assim, humano.
"É um homem, Fabiano!" –
Disse pra si, com euforia.

Desmentiu-se novamente:
Não seria homem jamais.
Seria cabra pra sempre,
Só um traste e nada mais.
Por brancos ser governado:
Pra isso era destinado,
Tal como os seus ancestrais.

Mas um dia... Quando as secas
Viessem a se acabar,
E tudo andasse direito...
Podia isso sonhar?
"Se esses dias vierem,
Tudo o que eles quiserem
Meus filhos vão perguntar".

"Enquanto tudo ficar
Do jeito que sempre foi
Vou ensinar aos meninos
A saber cuidar dum boi,
Consertar cercas, caçar..."
Logo após isso pensar,
À mulher foi dar um "Oi!".

CAPÍTULO 3
CADEIA

CERTO DIA, FABIANO IA À CIDADE COMPRAR

Mantimentos. A esposa
Veio a lhe solicitar
Que querosene trouxesse
E pano pra que pudesse
Um vestido costurar.

Ao comprar o querosene,
Ele, de pronto, notou
Que seu Inácio, o vendeiro,
Água ao produto juntou.
Quis fazer reclamação.
Todavia, o cidadão,
Nessa hora, se calou.

Foi ver o pano. Achou caro.
Assim, leitores leais,
Foi de loja em loja em busca
De um corte que fosse mais
Em conta, e foi pechinchando.
Só um pano foi levando
Após procurar demais.

À mercearia de Inácio
Retornou, pois lá havia
Guardado as mercadorias
Que comprara nesse dia.
Lá tomou uma aguardente.
Sentiu gosto diferente,
Pois na pinga água existia.

Nessa hora, Fabiano
Não pôde mais se calar:
"Por que água põe em tudo?" –
Veio ele a perguntar.
Como se não o ouvisse,
Seu Inácio nada disse,
E ele deixou o lugar.

Ele saiu pra calçada
Bem disposto a conversar.
Com curto vocabulário,
Difícil era prosear.
Lembrou-se, dessa maneira,
De Tomás da bolandeira,
Que costumava imitar.

"Coitado de Seu Tomás,
Homem tão inteligente...
Vive com um saco às costas
Sob este Sol inclemente.
Ele, um homem que votava
E nos livros se agarrava,
Vive como um indigente!".

Logo um soldado amarelo
Apareceu e tocou
No ombro de Fabiano,
A quem logo perguntou:
"Vamos naquele lugar
Para o **trinta e um** jogar?
Louco pra jogar estou!".

Fabiano gaguejou
Ante o homem de uniforme.
Tentando imitar Tomás,
Fez uma confusão enorme:
"Isto é. Vamos, não vamos,
Quer dizer que, convenhamos,
Enfim, contanto, conforme!".

Sem ligar para a resposta,
O amarelo foi andando.
Sem saída, Fabiano
Logo foi lhe acompanhando.
"Desafasta! Aqui tem gente!" –
Disse o polícia. Na frente,
Todos foram se afastando.

Os jogadores, ao vê-lo,
Bem depressa se afastaram.
No lugar que ficou vago,
Os dois logo se sentaram.
Cartas pegou o polícia.
Por azar ou imperícia,
Os outros dele ganharam.

Como também o vaqueiro
Perdendo no jogo estava,
Sem pedir licença, logo
Aquele lugar deixava.
O amarelo, a Fabiano,
Disse: "Espere aí, paisano!"
Mas ele lhe ignorava.

Trocou algumas palavras
Com Sinha Rita louceira.
Depois pensou no que ia
Dizer para a companheira
Pra ela não perceber
O que viera a perder
No baralho e bebedeira.

Já o homem que cuidava
Da pública iluminação,
Trepando em uma escada,
Acendia um lampião.
A feira se desmanchava
E a **papa**-**ceia** brilhava
No véu negro da amplidão.

Lá na farmácia, o doutor
Juiz de Direito entrava.
Lixo da feira, a carroça,
A recolher, começava.
Uma neblina caía,
E o guarda-chuva abria
O vigário, que passava.

Foi então que o amarelo
Deu violento empurrão
Em Fabiano e as compras
Se espalharam pelo chão.
O equilíbrio perdeu
E numa árvore bateu,
Sofrendo escoriação.

Preocupado somente
Em sua casa chegar,
Recolheu as suas compras,
Pronto pra se retirar.
Tinha embaralhada a mente
Por causa da aguardente
E pelo jogo de azar.

Mas, levando outro empurrão,
Em revidar pensou ele.
Em luta justa, jamais
Um amarelo daquele
Ia vencer o vaqueiro.
Mas era bem traiçoeiro
O adversário dele.

"Você não tem o direito
De um cidadão provocar".
"Desafasta, que sou gente.
Quem mandou se retirar
Sem permissão receber?".
"No jogo veio a perder,
E agora quer me culpar?".

Pisou no pé do vaqueiro
O amarelo insolente.
Fabiano protestou:
"Mole e quente é pé de gente!".
Sofrendo um novo pisão,
Ele disse um palavrão,
Xingando a mãe do oponente.

Logo o soldado amarelo
O seu apito soprou.
Depressa, o destacamento
Da cidade ali chegou,
Conduzindo pra prisão
O honesto cidadão,
Que atordoado ficou.

Na cadeia, o cabo disse:
"Faça lombo, paisano!"
Sem ter saída, caiu
De joelhos Fabiano.
Com a lateral dum facão,
Bateram no cidadão
De modo vil, desumano.

Após isso, um safanão,
Na cela, o arremessou.
Na fechadura da cela,
Logo a chave tilintou.
Nas trevas, atordoado
E bastante machucado,
Num canto ele se sentou.

Por que tinham feito aquilo?
Não conseguia saber.
Nunca havia sido preso
E tinha um bom proceder.
Nas suas costas e peito
Passou a mão o sujeito,
Ficando ali a gemer.

Pensou ele no amarelo,
Que com um **tabefe** somente,
Poderia desmanchar,
E só não fez simplesmente
Porque seu grupo acudiu.
Com desprezo, então, cuspiu:
"Safado, escarro de gente!".

Pensou na sua família
E também na cachorrinha.
Dos **alforjes**, que um dos guardas
Jogado na cela tinha,
Lançou-se, então, à procura.
"**Quede** o pano, rapadura,
Feijão, arroz e farinha?".

Após achar os alforjes,
Foi pensando o camarada
Que estava a mulher, por certo,
Muito desassossegada
Por sua grande demora,
Sendo aos filhos, nessa hora,
A sua ausência explicada.

Para descansar um pouco,
Suas pernas estirou.
Na parede, as suas carnes
Bem doídas encostou.
Se tempo tivessem dado,
Tudo teria explicado,
Fabiano lamentou.

Ouvira: não é desfeita
De algum governo apanhar.
Era o amarelo governo?
Não conseguia aceitar.
Governo era perfeito
E distante. Desse jeito,
Jamais poderia errar.

Pra que serviam soldados
Amarelos, afinal?
Deu um chute na parede
E gritou feito animal.
Com presos se incomodando
E o carcereiro chegando,
Ele voltou ao normal.

Imaginou o amarelo
Lutando com um cangaceiro.
Não daria nem pro caldo
O amarelo traiçoeiro.
Era um tiquinho de gente;
Com um tabefe somente,
Se desmancharia inteiro.

Ele voltou a pensar
Na sua esposa querida,
Que, com gosto, preparava
Sempre uma boa comida,
Pois sempre certo a salgava.
Com a trouxa de sala estava:
"Que sorte. Estava sumida!".

Pensou também na cadela,
A sua amiga leal.
Era membro da família,
Não um simples animal.
Na seca mais braba, ela
Não comia as caças dela:
Trazia ao seu pessoal.

Ele olhou para a rua
Pela grade da janela.
O lampião se apagara,
As trevas reinavam nela.
"Pouco querosene pôs
O funcionário" – supôs
A figura tão singela.

Muito cansado e com dores,
Tirar um sono queria.
Mas um bêbado, que tolices
Falava alto, impedia.
Além disso, por um preso,
Tinha sido um fogo aceso,
E muita fumaça havia.

Ouvindo o bêbado dizer
Coisas sem nenhum sentido,
Lembrou que falar direito
Também não tinha aprendido.
Era um bruto. Era a razão
De o jogarem na prisão?
Pensou, muito enfurecido.

Lá no xadrez das mulheres,
Uma meretriz chorava.
Logo notou que as pulgas
A mulher arrenegava.
Pensou: "Essa condenada
Também não presta pra nada.
Se prestasse, aqui não **tava**".

E quis gritar para o juiz,
Pra o padre, pra o delegado
E também pra os cobradores
Da cidade e do estado:
"De pessoa que não presta,
De gente bruta e molesta,
Esse cárcere está lotado!".

Se não tivesse família,
Ele haveria de entrar
Num bando de cangaceiros.
Assim, iria matar
Os donos dos amarelos,
Que aos pobres causam flagelos,
Tanta dor, tanto pesar.

Essa ideia lhe fervia
Na cabeça. Ia e vinha.
Porém, havia a mulher,
Os filhos, a cachorrinha.
Soldado não deixaria
Pra semente. Assim seria.
Porém, família ele tinha.

Os meninos eram brutos,
E as reses guardariam
De um patrão invisível,
E os dois pisados seriam
Por amarelos soldados.
E, após serem machucados,
Numa prisão parariam...

CAPÍTULO 4
SINHA VITÓRIA

JUNTO ÀS PEDRAS QUE SERVIAM DE TREMPE, SE ACOCORAVA

Sinha Vitória, que o fogo,
Naquele instante, soprava.
Cinzas e fagulhas ela
Fez voar. A cara dela
Sujou-se e ficou bem brava.

A cadelinha Baleia
Para das brasas fugir
Afastou-se, contemplando
Cada estrelinha a luzir
Pelo espaço da cozinha.
Um chute na cadelinha
Deu a senhora a seguir.

Com raiva, naquele dia,
Ela havia amanhecido.
Da cama de varas, sempre
Reclamava ao seu marido,
Que grunhia, sem falar.
Para dele se vingar,
Tinha em Baleia batido.

À janela, viu os filhos
Entretidos no **barreiro**.
Com barro, faziam bois
Debaixo dum juazeiro.
Em repreendê-los pensou.
Mas motivo não achou,
E os deixou no terreiro.

Pensou de novo na cama,
Vindo a xingar mentalmente
O marido, que gastara
Com jogo e com aguardente
O dinheiro. Deveriam
Poupar dinheiro, teriam,
Assim, cama mais decente.

Uma cama com um lastro
De couro ela desejava.
Seu Tomás tivera uma,
Sinha Vitória lembrava.
A cama de varas dela
Machucava muito. E ela,
Com frequência, reclamava.

Disso falava ao marido
Já fazia mais de um ano.
E, embora concordasse
Com a ideia, Fabiano
Nenhum esforço fazia
Pra terem a economia
Necessária para o plano.

"Na roupa e no querosene,
Nós vamos poupar. Que tal?".
"Como? A gente, Fabiano,
Já se veste muito mal.
E cedo vamos pra cama;
Candeeiro aqui ver chama
É raro, coisa anormal!".

Como se desentenderam
No que deviam cortar,
Do baralho e da cachaça
Ela voltara a lembrar.
Ele disse: "Eu acho graça
Quando seus sapatos calça.
Ridícula vem a ficar!";

Completou: "Um papagaio
Você fica parecendo".
Com aquela comparação
Que ele estava fazendo,
Ofendida ela ficou.
Quando o marido notou,
Logo foi se arrependendo.

Quando foi ao **caritó**
Para o cachimbo apanhar,
Junto à rede do marido
Ela teve que passar.
Da vaca laranja ouviu
O chocalho e deduziu:
"Não lembrou de lhe apanhar!".

Pra perguntar, o marido
Quis acordar. Porém, ela,
Vendo os mandacarus
E **quipás** pela janela,
Acabou se distraindo.
"Isso tudo é muito lindo!" –
Disse a senhora singela.

Levantava-se um mormaço
Daquela terra queimada.
Ela se lembrou da seca
E, bastante aperreada,
Começou logo a rezar
Pra real não se tornar
Aquela cena lembrada.

Viu, no chiqueiro das cabras,
Um buraco, e o consertou.
Entre as palmas das mãos grossas,
O fumo ela esfarelou,
E o seu cachimbo encheu
Sem fogo, não o acendeu,
E à cozinha o levou.

Pegou uma brasa do fogo
Usando uma colher.
O tubo de **taquari**
Cheio de **sarro** a mulher
Chupou, então, a seguir.
E logo vinha a cuspir,
Como era seu mister.

Preparou-se novamente
Para dar uma cusparada.
E, lembrando-se da cama
De couro tão desejada,
Fez uma "aposta" a seguir:
"Se no terreiro cair,
A cama será comprada!".

Mas, em vez de no terreiro,
Caiu o seu cuspe fora.
Sempre sem êxito, tentou
Outras vezes a senhora.
"Que besteira! Não valeu!" –
Dizendo isso, se ergueu
E se afastou sem demora.

Olhando pra os pés, da troça
Do marido se lembrou.
Tinha pés de papagaio,
Disso se certificou:
Eram bem largos e chatos,
Impróprios para sapatos.
"Como um papagaio sou!".

Porém, não tinha gostado
Daquela comparação.
Pior ainda: trazia
Pra ela a recordação
Do louro que balançava
No baú que ela levava
E latia como um cão.

Após chegar à fazenda,
Ela havia se esquecido
Da vida antiga. Era como
Se não tivesse nascido.
Da seca lembrou-se ela
Devido aos sapatos dela
Ter mencionado o marido.

Pobre do louro. No rio,
Ela o havia matado.
Fora por necessidade
Que dera fim ao coitado.
Por que lhe fez o marido
Lembrar-se do acontecido,
Reviver um mau passado?

Ocupou-se de afazeres
Para não mais se lembrar.
Trouxe os meninos pra dentro
Pra poderem se banhar.
"Sujos como um papagaio!" –
Ia dizer. De soslaio,
Ela os fitou, sem falar.

Quando o marido dormiu
E começou a roncar,
Pensou: "É com segurança
Que está a descansar.
Perigo não há agora.
A seca ainda demora.
Eu posso, assim, sossegar!"

Tudo era estável ali,
Seguro, tudo se achava:
O sono de Fabiano
E o fogo que estalava.
As moscas pelo **borralho**
E os toques de chocalho...
Ali nada se alterava.

Mas sofria com a cama
De varas sobremaneira:
Havia no centro dela
Um grande nó na madeira.
Para um lado, se encolhia.
E no outro se espremia
O marido a noite inteira.

Se fosse o tempo da seca,
Sobre pregos deitaria.
Porém, como prosperavam,
Grande falta lhe fazia
Uma cama mais decente.
Fabiano, infelizmente,
Não lhe dava o que pedia.

Pensou nisso, e o ronco dele
Ela achou insuportável.
"Haverá quem ronque tanto?
Isso é algo detestável.
Por enquanto, resta só
Trocarmos o pau com nó,
Pois é bem desconfortável!"

E se vendessem as galinhas
E a **marrã** juntamente?
Fora a **pedrês**, a mais gorda,
Devorada, infelizmente,
Por raposa havia dias.
Com essas economias,
Teria a cama decente.

Era inútil consultar
O esposo: se empolgava,
Arrumava algum projeto,
Porém, depressa esfriava.
De couro com **sucupira**,
Uma Tomás possuíra
E com uma igual sonhava.

CAPÍTULO 5
O MENINO MAIS NOVO

VEIO-LHE A IDEIA QUANDO FABIANO COLOCOU

Os **arreios** na **alazã**
E a amansá-la passou.
Com a ideia que tinha,
O irmão e a cadelinha
Se espantariam – pensou.

O pai, metido nos couros,
Com as **perneiras**, **gibão**
E **guarda-peito**, causava
Nele grande admiração.
Pensava naquele instante:
"É o ser mais importante
Do mundo. Herói do sertão!"

À doma da alazã
Assistiu o garotinho.
Viu o pai se desviar
De cada coice daninho
E, por fim, nela montar.
Ela, a pular e girar,
Lembrava um redemoinho.

E o mais novo, trepado
Na porteira do curral,
Torcia, com as mãos suadas,
Sob aquele poeiral.
Como se, da venta ao rabo,
A dominasse o Diabo,
Se contorcia o animal.

O pequeno deu um grito,
Quase que no chão parou,
Quando, ao rebentar a **cilha**,
A égua arremessou
Fabiano de sua sela.
Mas viu: ao soltar-se dela,
Em pé o seu pai pousou.

Quando tudo teve fim,
Sinha Vitória catava
Piolhos no primogênito
E o caçula se zangava
Com a indiferença tamanha
Ao pai e à sua façanha,
Que, na alma, ele guardava.

Ele despertou Baleia,
Que voltou logo a dormir.
Foi conversar com a mãe,
E, nisso vindo a insistir,
Recebeu dela um **cascudo**.
Saindo, todo trombudo,
Lamentou por existir.

Ele seguiu ao chiqueiro,
Onde os bichos bodejavam.
Fungando, erguendo os focinhos,
Eles comida esperavam
Daquele humano que vinha.
Mas nada o garoto tinha
Pra dar aos que o espiavam.

Do desprezo de Baleia
E do cascudo esquecia.
Só lembrava da proeza
Do pai, que muito crescia
Em sua alma e coração.
Tanto crescera que, então,
Com um deus se parecia.

Embora tivesse medo
Daquele homem enorme,
Saiu para admirá-lo
No encantado uniforme.
Nas perneiras se esfregou,
Abas do gibão tocou,
Aéreo, como quem dorme.

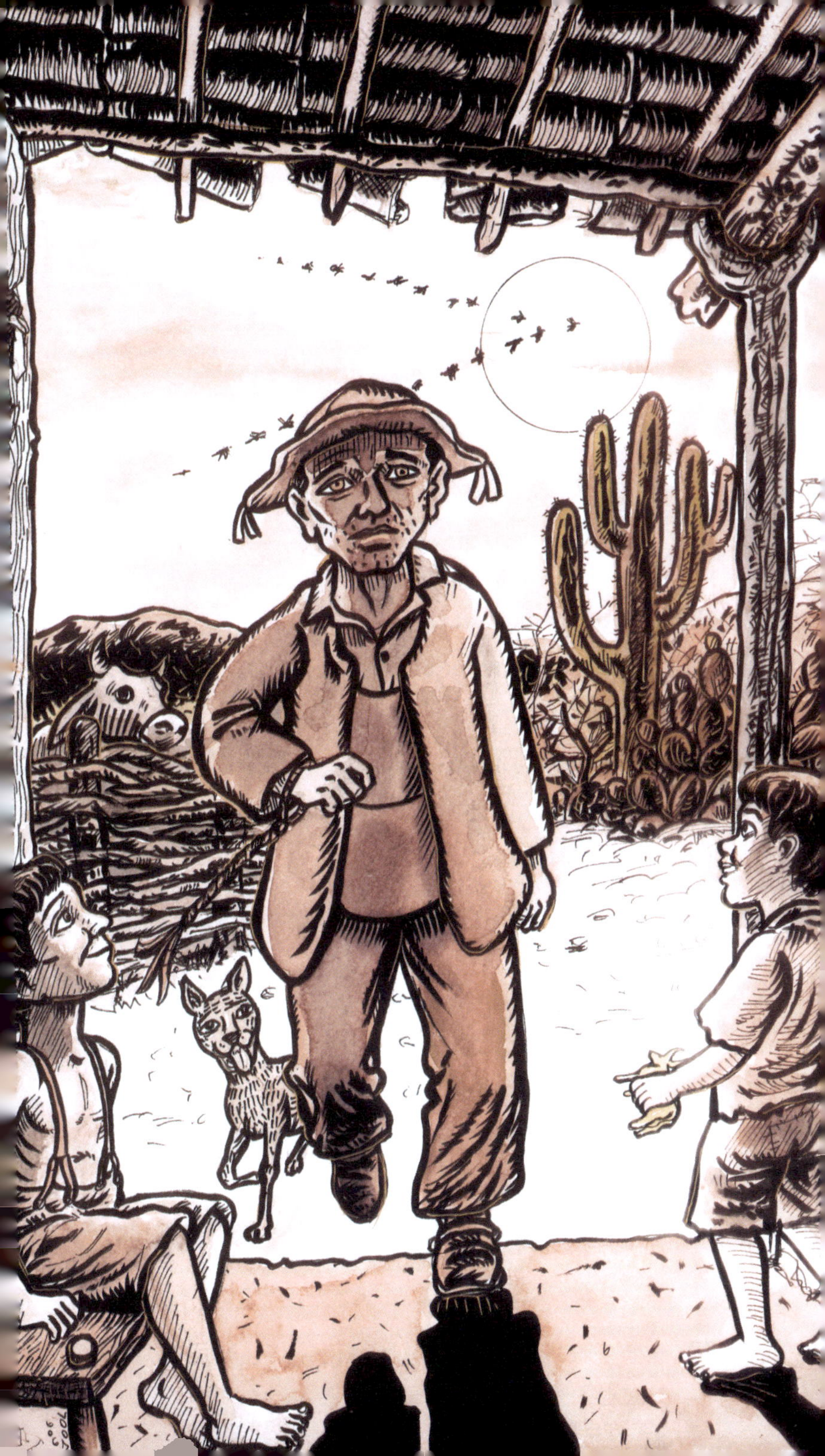

Viu o pai se despojando
De toda aquela beleza.
Se, despojado dos couros,
Perdia sua grandeza,
Bastante se reduzia,
Terrível sempre seria,
Pois era um ser de proeza.

Quando amanheceu, saiu
Para o bode velho ver.
Com as ventas arregaçadas,
Dava berros a valer
O animal malcheiroso,
Mas de porte majestoso
E que exalava poder.

Então, a cena da véspera
Com aquela se fundiu:
Com o bode, a alazã
De pronto se confundiu.
O menino e o genitor
Viraram um. Com ardor,
O caçulinha sorriu.

Na hora do almoço, Sinha
Vitória o repreendeu:
"Este capeta anda leso!
Que bicho foi que o mordeu?".
O caçula foi ligeiro
Ver as roupas do vaqueiro,
Armadura do herói seu.

Vendo as perneiras, gibão,
Chapéu, luvas, guarda-peito,
A ideia se assentou.
Deixando-o mui satisfeito.
Ao chiqueiro foi, então,
Fazer a simulação
Pra tudo sair perfeito.

De novo, a égua alazã
E o bode se misturavam.
O caçula e Fabiano
Um indivíduo só viravam.
O pai ele arremedou:
O chiqueiro rodeou.
Pra ele os bichos olhavam.

Pensou em comunicar
Seu plano para o irmão.
No entanto, pra evitar
O riso e a **mangação**,
Era melhor ter cautela.
Logo, do mano e cadela,
Teria a admiração.

Não era o pai. Mas se fosse?
Era preciso mostrar
Que o pai poderia ser,
Devendo realizar
Também alguma proeza.
Teriam assim a certeza
Quem com pai formava um par.

Viu o irmão e Baleia,
Ao bebedouro, levando
As cabras e o bode velho,
Com um **fartum** empestando
Todo o ar em volta deles.
À distância, seguiu eles,
E no plano foi pensando.

Viu as cabras se empurrando,
Pondo na água o focinho.
Olhando pra o bode velho,
Pensou no redemoinho
Da alazã a girar.
Tinha que executar
O plano dele sozinho.

O bode iria saltar
E, com isso, derrubá-lo.
Mas precisava impedir
Que o plano sofresse abalo.
Tinha seu compasso e régua
No pai, domador de égua.
Com brio, iria imitá-lo.

Periquitos viu voando,
E um deles desejou.
Quando sumiram chiando,
Bastante triste ficou.
As nuvens brancas formavam
Carneiros. Logo criavam
Outros animais, notou.

Duas grandes se juntaram:
A alazã, uma formava.
A outra era Fabiano,
O herói que admirava.
Pra ribanceira seguiu.
Bater de chifres ouviu.
"Sou protegido!" – pensava.

Quando o bode ia beber,
Sobre o animal montou.
Naquele pelame fofo,
Segurar-se ele tentou,
Os calcanhares usando.
Porém, foi escorregando.
Foi quando o bode saltou.

Inclinou-se para um lado.
Com força, foi sacudido.
Conseguiu se equilibrar,
Porém, no bicho aguerrido
Em que se achava montado,
Dançava desengonçado
Em um ritmo enlouquecido.

Impelido para a frente,
Deu ele um salto mortal,
Passando sobre a cabeça
Do mui fedido animal,
E no chão se estatelou.
Da aventura ele escapou
Sem honra. Via, afinal.

No céu azul, ele viu
As nuvens se desmanchando.
Seu interesse voltou-se
Para os urubus voando.
Seus ossos sacolejados
Pareciam deslocados,
E logo os foi apalpando.

Tinha o rasgão da camisa,
Com a aventura, aumentado.
Quando seus pais percebessem,
Iria ser castigado.
A Lua surgido tinha,
Havendo uma estrelinha
Quase invisível ao lado.

Precisava entrar em casa,
Dormir depois de comer.
Mas pensou que, sobretudo,
Necessitava crescer.
Como o pai, grande seria,
Cabras ele mataria,
Uma faca iria ter.

Entrou, entortando as pernas,
Na casa, bem devagar.
Quando fosse homem, ia
Desse modo caminhar:
Cambaio em todas as horas,
Com as **rosetas** das **esporas**,
Claro, sempre a tilintar.

No lombo, então, dum cavalo
Muito **brabo** saltaria,
E, tal como um **pé de vento**,
Na caatinga voaria
De perneiras e gibão.
De Baleia e do irmão,
Admiração teria.

CAPÍTULO 6
O MENINO MAIS VELHO

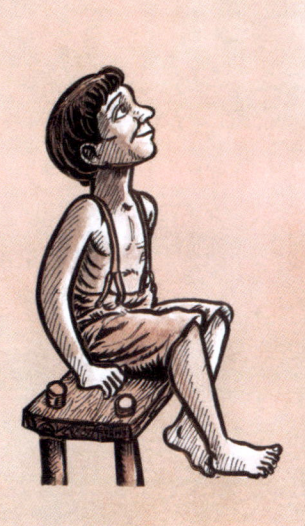

CERTO
DIA, SINHA
TERTA
VEIO ALI PARA
REZAR.

A **espinhela** do vaqueiro,
Assim, iria curar.
No meio da reza dela,
A palavra Inferno ela
Veio a pronunciar.

Quando o menino mais velho
A nova palavra ouviu,
Achou-a muito bonita,
E para si repetiu
O termo diversas vezes.
Depois falou-o às reses,
Mas nenhuma reagiu.

E, desejando saber
Qual o significado
Daquela palavra linda
Que ele havia escutado,
Para a mãe foi perguntar.
"É um péssimo lugar!" –
Falou a mãe com enfado.

Com essa definição
Que Sinha Vitória dera
Ele não se satisfez,
E quis saber como era
Em detalhes o lugar.
A mãe não quis explicar,
E ele saiu uma fera.

Indo interrogar o pai,
Achou-o no chão sentado,
Desenrolando um sola
Para fazer um calçado.
"Bota o pé aqui!" – bradou
O pai. Do filho, riscou
Depressa o pé no solado.

O pai deu ordem: "Arreda!",
E teve que se afastar
Sem que tivesse uma chance
De ao seu pai perguntar
Sobre o que era Inferno,
Aquele lugar eterno
Que era ruim pra danar.

Voltando para a cozinha,
À sua mãe perguntou:
"Como é o Inferno, mãe?".
De espetos quentes falou
Para o filho, que inquiriu:
"E a senhora já viu?".
Um cascudo, então, ganhou.

Com a injustiça indignado,
O primogênito saía.
Cruzando o terreiro, ele
Bem depressa se escondia
Debaixo da catingueira
Que se encontrava na beira
Duma lagoa vazia.

Naquela hora difícil,
Acompanhou-o Baleia.
Sem ganhar os ossos que
Aguardava, lá na areia,
Deitou-se bem junto a ele.
Ganhou um carinho dele,
Sonhando ali com a ceia.

Antes, ela percebera
Que algo não ia bem,
Pois ouvira a dona dela
Falando alto com alguém.
E ela havia escutado
O **cocorote** levado
Pelo menino também.

Assim, fugira depressa
Pra um canto atrás do pilão.
Entre **cumbucas** e cestos,
Ficara miúda, então.
Só depois se decidira
E ao garoto se unira
No momento de aflição.

À cadelinha, uma história
Ele se pôs a contar.
De exclamações e de gestos
Veio a se utilizar,
Posto que o léxico dele
Era limitado. Ele
Mal podia se expressar.

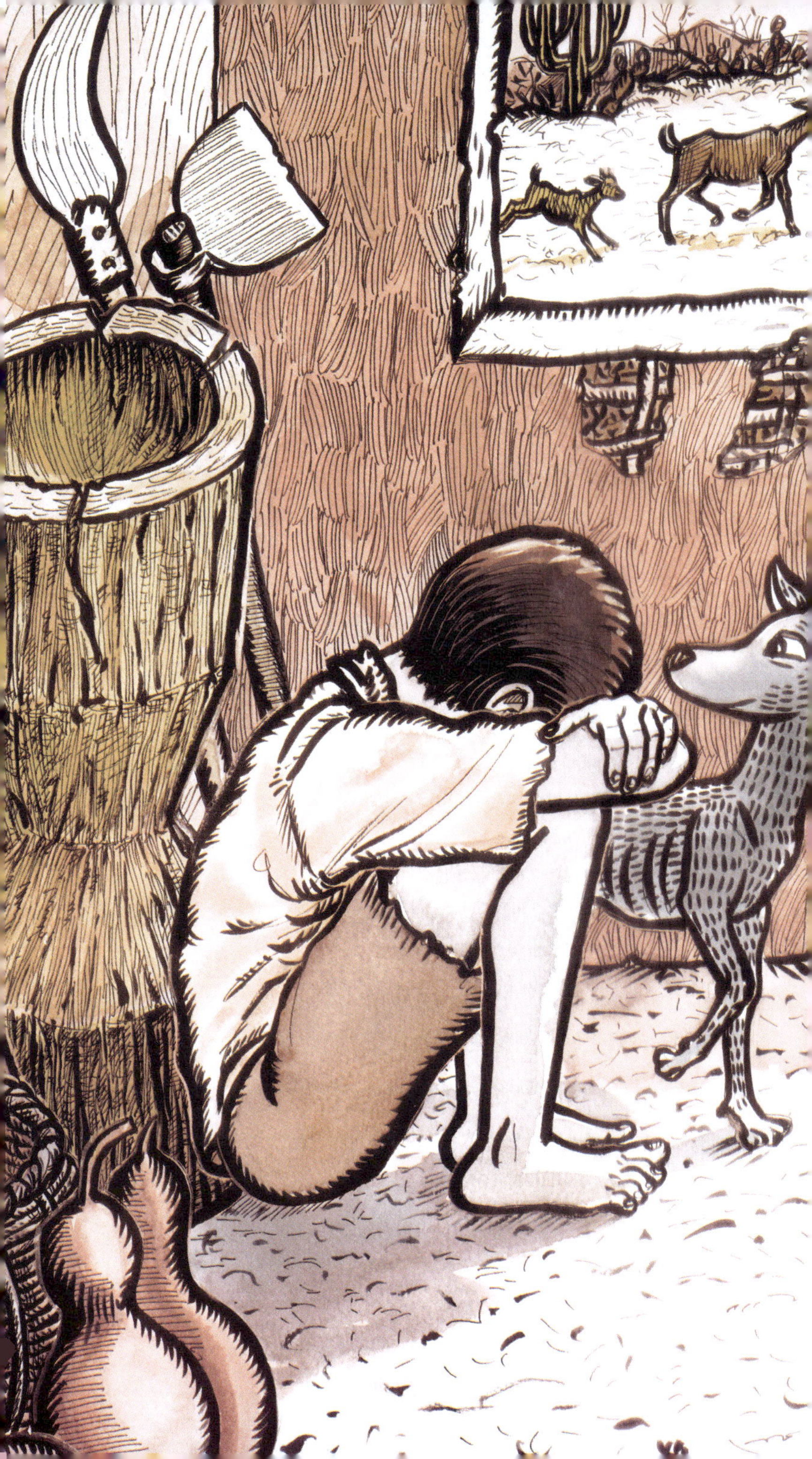

Todos o abandonavam
Naquele cruel instante.
Só Baleia oferecia
O apoio tão importante
Que o menino carecia.
Dava-lhe a companhia
Que precisava bastante.

Desejou que o termo Inferno
Em coisa se transformasse,
Para que, examinando-a,
Nenhuma dúvida ficasse
A respeito do que era.
Bem pouco a mãe lhe dissera,
Gerando nele um impasse.

"Inferno é lugar ruim" –
Sua mãe lhe havia dito.
Mas só conhecia canto
Bom, agradável, bonito:
A casa, curral, barreiro,
A serra azul, o terreiro
E o chiqueiro de cabrito.

Os cantos que conhecia
Em quietude viviam,
Pois todos aqueles que
Lá moravam se entendiam.
Havia forças benéficas
Que venciam as maléficas
E que a todos protegiam.

O mundo fora ruim:
Toda a família penara
Com a seca. Mas depois
O mundo se consertara.
Muito ruim fora a vida.
Mas tinha agora comida,
Água já não era rara.

Sem saber falar direito,
Às vezes balbuciava
Complicadas expressões
E os animais imitava.
O som dos galhos roçando
E o do vento soprando
Imitar também tentava.

Havia tido a ideia
De uma palavra aprender.
Por Terta usar, deveria
Bastante importante ser.
Ia utilizá-la, então,
Com Baleia e com o irmão,
E inveja iriam ter.

Como um nome tão bonito
Era o de um lugar ruim?
Tentara dizer à mãe,
Ganhando um cascudo. Enfim,
Se sentia injustiçado.
Iria ter mais cuidado
Pra falar com os pais, assim.

Pra contar isso a Baleia,
Gritos e gestos usava.
Como expansões violentas
A cadela detestava,
As pernas foi estirando
E bocejou, demonstrando
Que aquilo a desagradava.

Dormir ela pretendia,
Mas o menino beijou
O focinho da cachorra
E depois a embalou.
Aos bancos de **macambira**
E à serra azul partira
A alma dele. E sonhou.

Ao escurecer, a serra
Com o céu se misturava
E notou que cada estrela,
Sobre ela, caminhava.
"Como há estrelas na Terra?" –
Pensou, olhando pra serra
Azulada que adorava.

Entristeceu-se. Talvez
Lugar ruim existisse,
Onde havia muitas cobras
E qualquer um se punisse
Com cocorotes, puxões
De orelhas e safanões...
Era real ou tolice?

Sentiu-se desamparado,
Olhou pro corpo franzino.
"Por que a mãe não me explicou?
Penso, penso e não me atino!".
Baleia, forte abraçou,
Tanto que ela não gostou
E se afastou do menino.

Juntou-se ao cheiro do amigo
Emanações da cozinha.
Seu faro dizia haver,
Num caldo, um osso que tinha
Alguma carne e tutano.
Devorá-lo era o plano
Da faminta cadelinha.

CAPÍTULO 7
INVERNO

ESTAVA UM FRIO MEDONHO. PELAS PONTAS DO TELHADO

A água ia escorrendo,
Enquanto um vento gelado
Movia a vegetação.
No rio, como um trovão,
Um estrondo era escutado.

Em torno do fogo estava
A família reunida.
Os meninos se deitavam
Nas pernas da mãe querida.
No pilão o pai sentava.
Para as faíscas olhava
A cadela distraída.

Com a ponta da alpercata,
Tições o pai empurrou.
No fogo, estalaram brasas.
Um círculo de luz se espalhou
Em redor da **trempe**. Então,
Parte dos corpos no chão
A luz fraca iluminou.

Sentindo sono, os meninos
Iam escutando os pais
Em uma conversa estranha,
Feita de sons guturais
E frases soltas. Não davam
Atenção ao outro. Estavam
Gerando sons. Nada mais.

Confusa história o pai
A contar-lhes começou.
O seu menino mais velho,
Pra entendê-la, se esforçou.
Se o pai conseguisse ver,
Era melhor pra entender.
Mesmo assim, perseverou.

Porém, para pegar lenha,
Veio ele a levantar.
A mãe aprovou a ideia,
Mas Fabiano, ao julgar
Que ele o desrespeitava,
Em castigá-lo pensava.
A esposa o fez parar.

Muito perto da goela
Ele tinha o coração.
Era fácil de se irar
E não usava a razão
Na hora de maldizer.
Mas vinha a se arrepender
Depressa, com prontidão.

Com a enchente, as catingueiras
Submersas se encontravam.
As ribanceiras, lambidas
Por águas, desmoronavam.
Os postes de marcação
Das terras de **aluvião**
Quase sumidos estavam.

Sabia bem Fabiano
Que a seca chegaria,
Que nenhum campo encharcado
A ela resistiria.
Mas, fincado no presente,
Estava muito contente
Com a chuva que caía.

Sem o perigo da seca
Imediata, por meses
Não haveria receio
De padecerem as reses
Por conta da sequidão.
Vivera tal aflição
Nem sabia quantas vezes.

No início da invernada,
Roncara perto o trovão,
E nuvens da cor de sangue
Vararam a escuridão.
Sucupiras e **imburanas**
As ventanias tiranas
Levaram, sem dó, ao chão.

Sinha Vitória, assustada
Com os trovões e a enchente,
Proteção para a família
Pedia ao Onipotente.
Dizia: "Essa casa é forte!"
E abanava mais forte
Quando algum trovão rugia.

Lembrava, afastando o medo,
Que a estrutura da casa
Resistiria à enchente,
E mais atiçava a brasa
Quando a chuva persistia.
Com o terço à mão, dizia:
"Quem tem Deus nunca se atrasa!".

Apesar de todo o medo,
Não demonstrava aos meninos,
Pois precisava ser forte
Para dar aos pequeninos
O apoio necessário,
No inverno extraordinário
Com seus trovões tão ferinos.

Para acalmar as crianças,
Façanhas o pai contava.
No início, era moderado.
Porém, logo exagerava,
Convencendo-se o sujeito
De atos notáveis ter feito,
Pois a lorota comprava.

Pra se esquentar, esfregava
Suas mãos constantemente.
Mas, como o frio era grande,
Seguia frequentemente
Pra junto das labaredas.
Dos seus casos, as veredas
Pisava, então, novamente.

Falou uma vez da briga
Da qual fora vencedor.
Tinha sido só um sonho
Que havia tido o senhor.
Mas contou-a o vaqueiro
Como um caso verdadeiro,
E achou bem certo, leitor.

Subia o rio a ladeira.
Aos juazeiros chegava.
Junto à parede da casa,
Já o gado se abrigava.
Sinha Vitória temia,
Mas o marido dizia
Que tudo seguro estava.

De certa feita, os meninos
Começaram a discordar
Sobre um trecho de lorota
Que pai viera a contar.
Novas palavras usando,
O trecho o pai foi narrando,
Vindo a **arenga** a acabar.

Todavia, não tardou
Para uma divergência
O primogênito notar
Na referida sequência.
Com a mudança notória,
O curso daquela história
Mudava, por consequência.

Finda a **verossimilhança**,
Perdia a história o encanto.
Desiludido, o menino
Recolheu-se no seu canto.
Logo, se lembrava à toa
Do quanto enchera a lagoa:
"Também tem chovido tanto...".

Sim, chovia o tempo inteiro.
As moitas e os **capões**,
Moradas de estranhos bichos,
Sofriam violações.
Lá, muitos sapos havia.
Deles, subia e descia
A inflexão das canções.

Eram muitos os coaxos
Que ouviam na moradia.
Dessa forma, o primogênito
Pretendeu ver se podia
Contá-los. E começou.
Mas logo se atrapalhou.
"São muitos!" – pra si dizia.

Agitava-se o abano
E a madeira chiava.
O vulto de Fabiano
Se escondia e se mostrava,
Com a alternância seguindo
Da luz que ia sumindo
E que logo se ampliava.

Imóvel e paciente,
Baleia, sua cadelinha,
Esperava que a família
Seguisse pra **camarinha**.
O barulho do vaqueiro
A irritava por inteiro,
O fastio logo vinha.

Seguindo uma rês no campo,
Por demais se esgoelava.
Natural. Mas junto ao fogo,
Por qual motivo gritava?
Ele à toa se cansando
E ela se enfastiando...
Por isso, não descansava.

Retirar carvões e cinza
Sinha Vitória devia.
Depois de varrer o chão,
Pra cama o casal iria
Para curar a canseira.
Sob o caritó, na esteira,
Cada filho deitaria.

Que a deixassem em paz!
O dia todo espiava
O vai e vem das pessoas,
E adivinhar tentava
Coisas incompreensíveis.
Às vezes, eram terríveis
As pessoas que ela amava.

Varrido o chão, ela iria,
Entre as pedras, se enroscar,
Sentindo o cheiro das cabras
E passando a escutar
A chuvinha que caía
E também a saparia
No rio cheio a cantar.

Dormir no quente era bom
Pra das pulgas se livrar.
Por isso, se ela pudesse,
Iria agora bradar:
"Filhos, senhor e senhora:
Qual a razão da demora?
Eu preciso descansar!".

CAPÍTULO 8
FESTA

A FAMÍLIA IA À CIDADE PARA A FESTA DE NATAL.

Eram três horas da tarde
E o calor era infernal.
Redemoinhos surgiam,
Nuvens de folhas se erguiam
E grande era o poeiral.

Após fecharem a casa
E pelo pátio passado,
Pisaram as pedras qual boi,
Dos cascos, adoentado,
Ou como um carneiro manco.
Numa roupa de brim branco
Ia o vaqueiro apertado.

No seu vestido vermelho
De ramagens enfronhada
Sinha Vitória sofria
Pra ficar equilibrada
Sobre os sapatos de salto.
Seguia, com sobressalto,
Toda **emperiquitada**.

A calça e o paletó
Os meninos estreavam.
Com camisas de riscado,
Eles em casa ficavam
(Também nus, algumas vezes).
Mas o pai, havia meses,
Comprara a roupa que usavam.

De ordinário, Fabiano,
Olhando pra o chão, andava.
Assim, pedras, tocos, cobras
E buracos evitava.
Então, cansou-se o sujeito
Ao tentar andar direito:
A posição lhe forçava.

Pisando a areia do rio,
Bem depressa descalçou
Os sapatos que apertavam.
Ele também se livrou
De gravata e paletó.
"Pra vencer três léguas, só
Sem esses troços!" – pensou.

Sinha Vitória, imitando-o,
Retirou sem embaraço
As meias e os sapatos,
O que aligeirou seu passo.
Também o pai imitaram
Os meninos: colocaram
Os chinelos sob o braço.

Livrando-se dos sapatos,
Gravata e roupa apertada,
Voltava a andar cambaio
E com a cabeça inclinada,
Seguindo firme na areia.
Ao seu lado ia Baleia,
A parceira de jornada.

Chegaram, ao cair da tarde,
Na entrada da cidade.
Então, lavando os pés duros,
Com alguma dificuldade
O vaqueiro se calçou
E o paletó colocou
Pra ir à festividade.

A esposa e os meninos
Também se recompuseram.
Baleia olhou curiosa
Quando tal ato fizeram.
Sem convite, a cadelinha
Para aquela festa vinha:
Seguiu-os quando vieram.

Por conta dos saltos altos,
Sinha Vitória ia aos tombos.
Já o marido estufava
O peito tal como os pombos.
Os sapatos apertavam,
E nos dois pés provocavam
Calos e até calombos.

Quando os lampiões vieram
Os meninos a espiar,
Casos extraordinários
Passaram a adivinhar.
Tinham medo da cidade
E não curiosidade.
Pisavam, pois, devagar.

Mundos estranhos supunham
Haver na serra azulada.
Mas a cidade era coisa
Inda mais inusitada,
Ainda mais diferente:
Por que tanta casa e gente?
Paz não tinha ali morada.

Logo entraram na igreja,
Mas Baleia ficou fora.
Com tanta gente na rua,
Ela passou, sem demora,
A inquieta ficar.
Precisava se deitar,
Mas não pôde nessa hora.

Além de haver muitas luzes,
Ali gritavam bastante.
Baleia, erguendo o focinho,
Sentiu cheiro nauseante
Que a fez tossir depressa.
Havia fumaça à beça,
Percebia nesse instante.

Como se alargava o mundo,
O meninos se espantavam.
Ante os seres dos altares
Os pais pequenos ficaram.
Se altares não conheciam,
Sua grandeza intuíam;
Que tinham valor, notaram.

Só conheciam as luzes
Do "fogão" e candeeiro.
De canto, só os **aboios**
Do pai deles, bom vaqueiro.
Da igreja, as luzes e o canto
Produziam, pois, encanto,
Êxtase no corpo inteiro.

Com a roupa nova apertada
E a multidão lhe empurrando,
Das pancadas na prisão
Fabiano foi lembrando.
Sentia-se agarrado,
Espremido, aprisionado.
Assim, foi se retirando.

Tinha sim religião.
Ia à igreja todo ano.
Todavia, o sufocavam,
Amassando todo o pano
Do seu paletó de brim.
Teve que sair assim. –
Dizia a si Fabiano.

Comparado aos da cidade,
Se sentia inferior.
Que estavam mangando dele,
Assim, achava o senhor.
Fazia-se carrancudo,
Tornava-se quase mudo,
Sem querer papo, leitor.

Achava que os da cidade
Vinham com ele falar
Apenas com o interesse
De algo dele tirar.
Por lhe roubarem no preço
E na conta, sem apreço
Eram os da loja e do bar.

E também o seu patrão,
Que na cidade morava,
Quando ia prestar contas
Sempre nos cálculos errava,
Diminuindo o dinheiro
Que cabia ao seu vaqueiro,
Como a esposa lhe alertava.

Os da cidade eram uns
Ladrões de marca maior.
Não dizia isso a eles
Porque, por coisa menor,
Fora parar na cadeia,
Onde a coisa ficou feia.
Seria agora pior.

O cocó da sua esposa
Pôde visualizar.
Precisava ter cuidado
Pra não se distanciar
Da família. Felizmente,
Reuniu-se à sua gente
Com a missa a terminar.

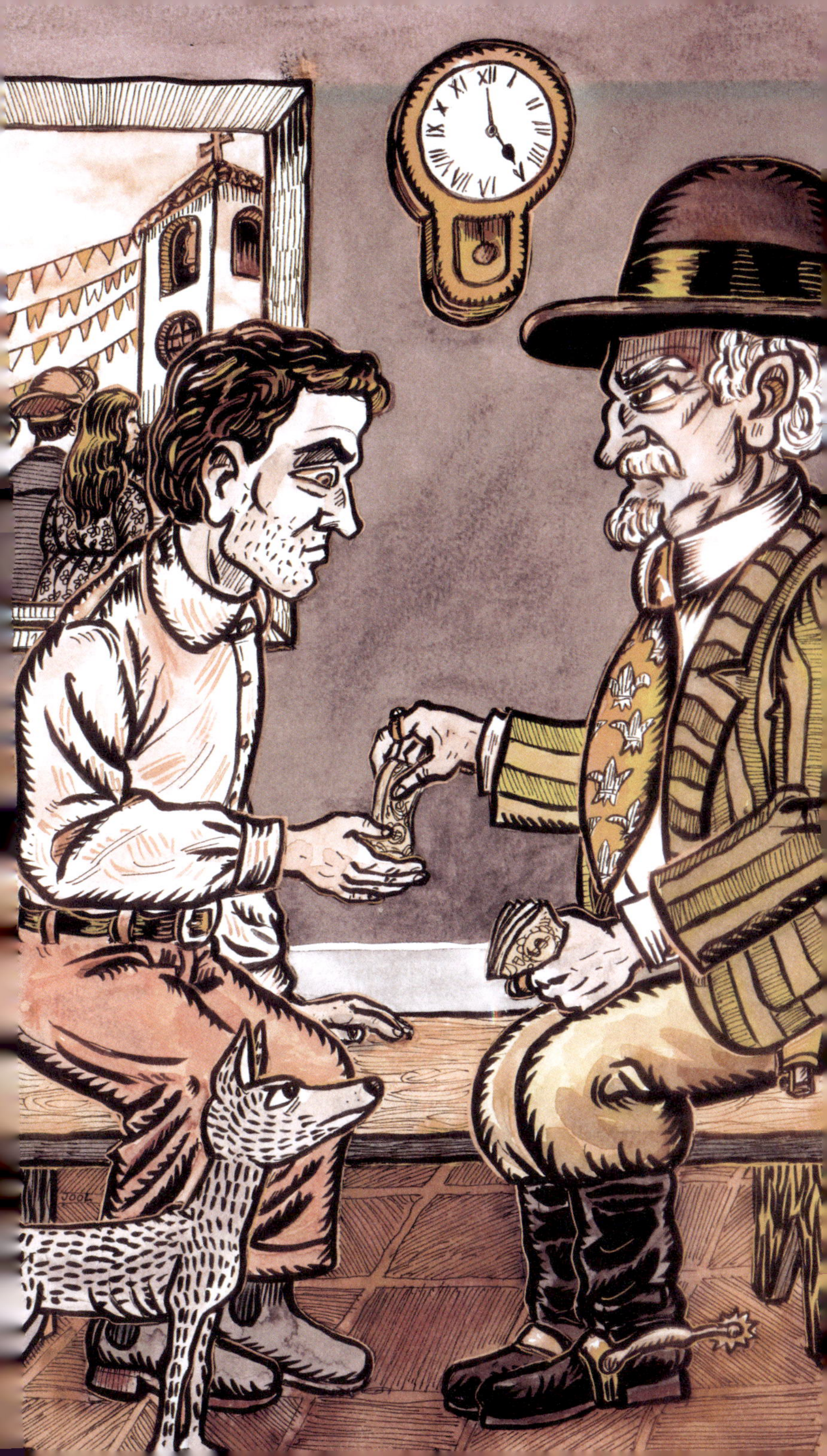

Depois de muito empurrão,
Com a mente em torvelinhos,
Convidou os filhos para
Brincarem nos cavalinhos.
Um pouco ele os viu rodar.
Logo saiu pra jogar
E pra tomar uns traguinhos.

Havia ele pensado
Em no **bozó** apostar
Pra uma cama de couro,
Se ele ganhasse, comprar.
Porém, pinga foi beber
Para tentar se esquecer
Daquele jogo de azar.

Sobre a ideia do jogo,
Foi pedir opinião
À mulher, que lhe lançou
Olhar de reprovação.
A Fabiano lembrou
Do trinta e um, que o levou
A apanhar na prisão.

Voltou a beber cachaça
E o álcool, subindo à testa,
Fez que logo se animasse,
Vindo a gritar: "Festa é festa!".
Diversos copos virou.
Com isso, gosto tomou
Pela desordem molesta.

Logo pensou: se encontrasse
O amarelo soldado,
Iria dar no fracote
Um murro muito bem dado.
Da família se esquecendo,
Desafios foi fazendo:
"Apareça um desgraçado!".

Numa fala atrapalhada,
A todos desafiava.
Como ninguém quis lutar,
Ele, como raiva, bradava:
"Cambada de acovardados!
São uns frouxos, uns capados!".
Ouvidos ninguém lhe dava.

Começou a suar frio,
Sentindo grande fadiga.
Uns matutos conversavam,
Mas não os chamou pra briga.
Fez de travesseiro o seu
Paletó, e adormeceu,
Findando a busca de intriga.

Bem próximo, Sinha Vitória
Bastante aflita se achava:
Por uma necessidade
Biológica, precisava
Ir depressa a um banheiro.
Mas, não vendo o companheiro,
Com quem os filhos deixava?

Sem ter mais como adiar
A corporal precisão,
Acocorou-se na esquina
De uma loja, e o chão
Abaixo dela encharcou.
De algumas moças, molhou
Os pés, e pediu perdão.

Sem perder tempo, pra junto
Dos filhos ela marchou.
O seu cachimbo acendeu
E, com alívio, o fumou.
Olhando pra redondeza,
Viu tanta luz e beleza
Que, de pronto, se encantou.

Pra sua vida ser boa,
Só uma cama faltava,
Uma semelhante àquela
Em que Tomás se deitava.
Bem infeliz era ela
Com a cama de varas dela,
Onde um pau com nó se achava.

Os meninos perguntaram
Sobre Baleia, a cadela.
Temiam que pontapés
Estivessem dando nela.
Pra festa não mais ligavam:
Seus sentidos se voltavam
Só para o sumiço dela.

Pra sorte deles, Baleia,
De repente, apareceu.
Por cima de Fabiano,
Que dormia, um salto deu.
E, com a cauda abanando,
Língua pra fora e arfando,
Mostrava o agrado seu.

Os meninos se esforçaram
Pra lhe dizer da aflição
Por ela se achar sumida,
Mas nada da explicação,
Entendeu a cadelinha.
Só ruído e gesto tinha
Escutado e visto então.

Ela pediu aos amigos,
Na linguagem de latidos,
Que o lugar tão barulhento,
De cheiros desconhecidos,
Eles depressa deixassem,
Pra fazenda retornassem
Junto com os pais queridos.

Mas, oposto ao que pedira,
Com a mãe, seguiram eles
Para olharem as vitrines,
E o fascínio cresceu neles
Nesse instante com presteza
Por toda aquela beleza
Perante as retinas deles.

De que o mundo era bem grande
Eles se certificaram.
Havia muito a saber,
Rapidamente notaram.
Mas uma dúvida, então,
Trouxe o caçula ao irmão:
"Os homens isso criaram?".

O mais velho deu de ombros,
Mostrando que não sabia.
Tudo nas lojas e altares
Um nome próprio teria?
Isso os dois se perguntaram.
Havia, sim! – concordaram.
Assim, muito nome havia.

Livres dos nomes, as coisas
Eram-lhes misteriosas,
Desde aquelas mais singelas
Às mais ricas e formosas.
Temeram forças estranhas
Que estariam nas entranhas
Dessas coisas assombrosas.

Sem precisar pensar nisso,
A cadela cochilava.
Quando despertava, logo
A cabeça balançava
E o focinho franzia:
Muito cheiro estranho havia
Ali que a desconcertava.

Na cama de seu Tomás,
Pensava Sinha Vitória.
Sonhava o esposo dela
Com um embate sem glória,
Em que os pés eram pisados
Por amarelos soldados,
Tendo facões essa escória.

CAPÍTULO 9
BALEIA

PRA MORRER BALEIA ESTAVA. ACHAVA-SE EMAGRECIDA.

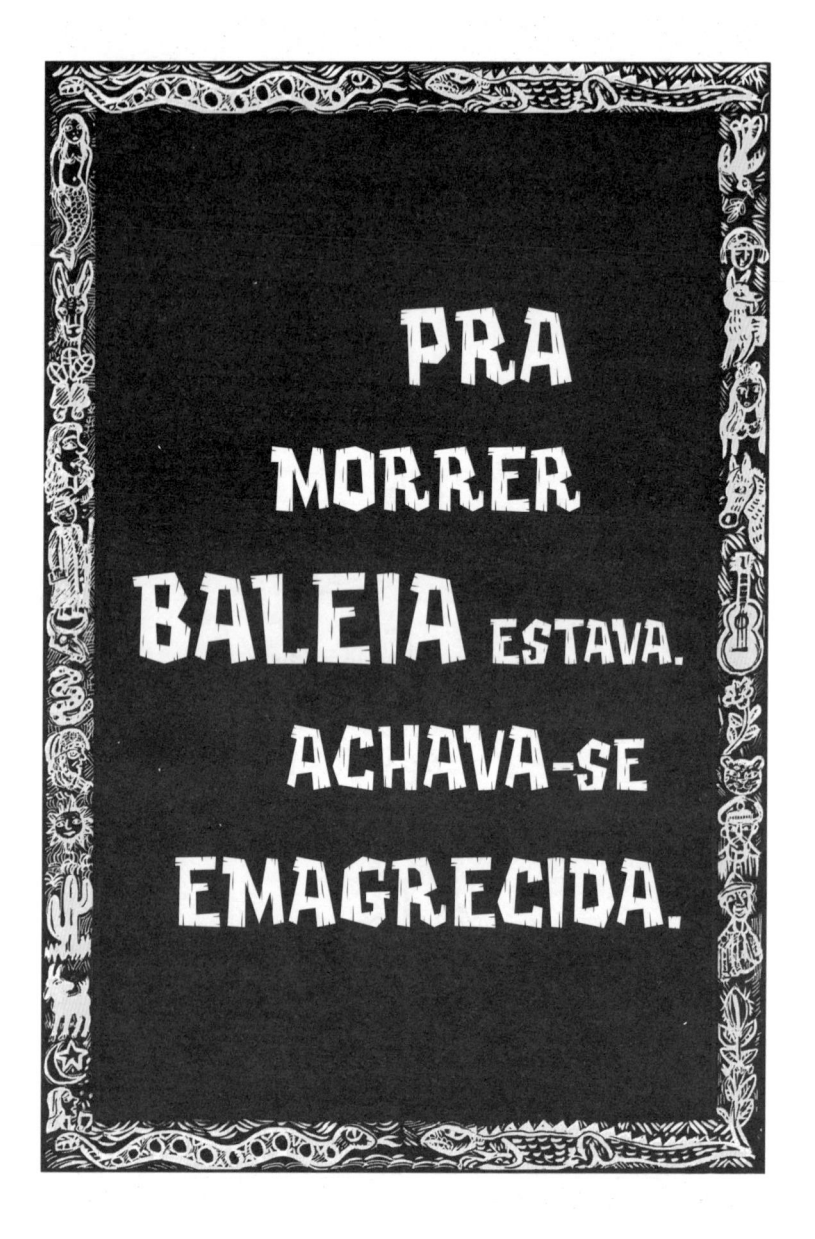

Caíra parte do pelo.
No corpo, muita ferida
Crescera e se inflamara.
Com chagas, a boca inchara,
Dificultando a comida.

Fabiano achou que ela
Contraíra hidrofobia.
Um rosário de sabugos,
Por isso, pôs nela um dia.
Ela, cada vez mais fraca,
Roçava-se numa estaca,
No matagal se metia.

Ele resolveu matar
A querida companheira.
Limpou, pra isso, a espingarda,
Sua velha **pederneira**.
Bem rápido ia fazer
Para muito não sofrer
A cadelinha parceira.

Os meninos perceberam
O plano que ele tinha
De matar a companheira,
A querida cadelinha.
E, quando a hora chegou,
Sinha Vitória ficou
Com eles na camarinha.

Como souberam? Primeiro,
Não mais deixavam que ela
Se aproximasse dos dois
Devido à doença dela.
Cresceu neles o pesar
Por não poderem brincar
Com a amiga cadela.

Depois viram o pai quieto,
Bastante desconfiado,
A limpar a pederneira,
Sem que tivesse falado
Sobre os planos de caçar.
Foi só os pontos ligar
Pra tudo ser desvendado.

Baleia estava em perigo.
Não era animal à toa,
Mas um membro da família,
Sendo como uma pessoa.
Viviam os três no barreiro,
No curral e no chiqueiro,
No pátio e na lagoa.

Queriam abrir a porta
Quando o momento chegou.
Sinha Vitória, com esforço,
Em sua cama os deitou.
Com as pernas, um prendeu.
No colo, o outro acolheu,
E pelo tiro esperou.

Sinha Vitória também
Sofria com a situação.
Mas sabia que era justa,
Do esposo, a decisão
De dar cabo da cadela,
Pois muito sofria ela,
E a cura era ilusão.

Quando a **vareta da bucha**
Ouviram o pai socar,
Os dois meninos gritaram,
Passando a espernear.
Disse o maior, bem zangado:
"Seu capeta excomungado!"
E começou a chorar.

Zangando-se com o mais velho,
A mãe lhe deu um cascudo.
Mas logo a raiva passou
E o pequeno e o graúdo
Ela acolheu com carinho.
Naquele instante mesquinho,
O seu apoio era tudo.

Fabiano, em toda parte,
A cadela procurava.
Achou-a no **pé-de-turco**,
Onde ela se coçava.
Ele mirou na cadela.
Mas pra trás da planta ela
Seguiu, tão logo o notava.

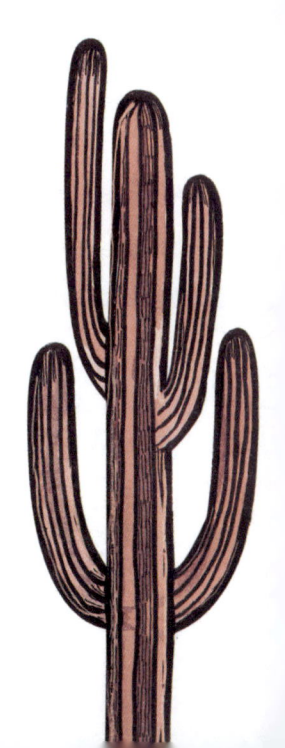

Aborrecido com isso,
Fabiano se esgueirou
Na lateral do curral
E, dessa forma, tentou
Bem perto dela chegar.
Ela tentou escapar,
Porém, ele a alvejou.

A carga atingiu os quartos
Traseiros da cachorrinha,
Inutilizando uma
Das pernas da cadelinha,
Que, em desespero, latia,
E, se arrastando, fugia
Com as forças que ainda tinha.

Sinha Vitória, ao ouvir
O tiro e os latidos,
Rezou pra Virgem Maria.
Os seus dois filhos queridos,
Inconsoláveis, choraram,
E pela cama rolaram
Por demais entristecidos.

Ouvindo o choro dos filhos
E o latido do animal,
Fabiano lamentou-se,
Já que seu tiro, afinal,
Atingira os quartos dela.
Não sofreria a cadela
Se o tiro fosse fatal.

Tiro de misericórdia,
Como vem a ser chamado,
Ele carecia dar
Para que fosse cessado
O tormento de Baleia.
Pelo sangue na areia,
Buscou-a acelerado.

Ela, correndo em três pés,
Dirigiu-se ao **copiar**.
Mas, temendo que viesse,
Com Fabiano, topar,
Dali seguiu ao chiqueiro.
Mas dali saiu ligeiro,
Sentindo a força faltar.

Bem junto ao carro de bois,
Faltou-lhe a perna traseira.
Por estar perdendo sangue,
Ela sentia tonteira.
Sob o carro ficaria,
Mas como a roda temia,
Saiu dali bem **cabreira**.

Seguiu para os juazeiros,
Pois sob um deles estava
Uma cova bem macia
Onde sempre se espojava.
Porém, antes de chegar
À cova, veio a faltar
Forças, e ela parava.

Nas pedras em que jogavam
Cobras mortas, estancou.
Tinha uma sede terrível
Que a garganta queimou.
Uivava de modo insano
E quis morder Fabiano,
O homem que a alvejou.

O seu uivo foi baixando
De volume até parar.
Aos poucos, um nevoeiro
Apagava seu olhar.
Polegadas se afastando,
A sombra foi alcançando,
Do Sol, veio a se livrar.

O cheiro bom dos preás
Do morro, ela então, sentia.
Mas o cheiro vinha fraco
E nele se imiscuía
De outros viventes o odor.
Achou que o morro, leitor,
Distanciando-se ia.

Quis a ladeira subir
Para os preás caçar.
Penosamente, porém,
Começou a arquejar.
Antes de morrer à míngua,
Nos lábios passou a língua,
Mas perdera o paladar.

O desejo de morder
Fabiano retornava.
Como sombra, ele surgiu,
E um objeto portava.
Não faria mal a ele,
Pois nascera perto dele.
Surgia, se palmas dava.

O objeto à mão dele,
Porém, a ameaçava.
Conteve a respiração,
Os dentes não lhe mostrava.
Descansou. E viu, enfim,
Ter ido a coisa ruim
Com o dono que a portava.

Os chocalhos tilintaram
E o fartum se espalhou.
"As cabras soltas à noite?" –
Ela, assustada, pensou.
Pra os bebedouros, devia
Levá-las. Mas não podia,
E isso a desesperou.

Onde se achavam os meninos?
Por que ali não os via?
Tinha ocorrido um desastre,
Mas não o atribuía
Ao estado em que se achava.
Nem viu que livre já estava
Das funções do dia a dia.

Logo uma angústia apertou
Seu pequeno coração.
A vigilância das cabras
Era sua obrigação.
Os meninos, felizmente,
Não a viam displicente,
A descumprir a função.

Por uma noite de inverno,
Bem nevoenta e gelada,
Logo a criaturinha
Que sofria era cercada.
O galo já não se ouvia
E, do dono, a roncaria
Não era mais escutada.

A cadelinha ofegava
De modo descompassado.
Do estrondo e da vil pancada
Que a havia machucado
Desconhecia a razão.
Ela se lembrou, então,
De algo com muito agrado.

Era a lembrança da trempe,
Na qual, após ser varrida
Por Sinha Vitória e ser
Toda a cinza recolhida,
Ela vinha a se deitar,
Podendo ali desfrutar
De uma cama aquecida.

A tremura foi subindo,
Alcançando o peito dela.
E como bastante frio
Estava sentindo ela,
Que a dona havia deixado
O fogo ter se apagado,
Achou, então, a cadela.

Ela queria dormir,
Pois feliz acordaria
Num mundo que, de preás,
Bastante cheio estaria.
Nesse lugar soberano,
De um enorme Fabiano
As mãos ela lamberia.

Nesse encantado lugar,
Tinha certeza a cadela,
Os dois meninos que amava
Se esponjariam com ela.
Gordos preás no terreiro
E enormes pátio e chiqueiro
Tinha no novo lar dela.

CAPÍTULO 10
CONTAS

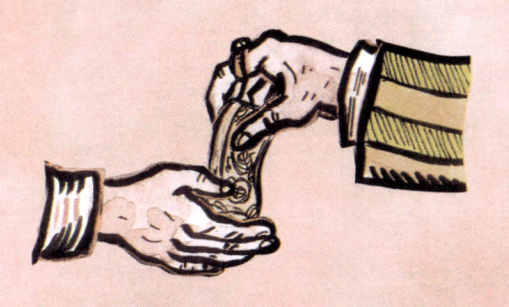

QUARTA PARTE DE BEZERRO E A TERÇA DE CABRITO:

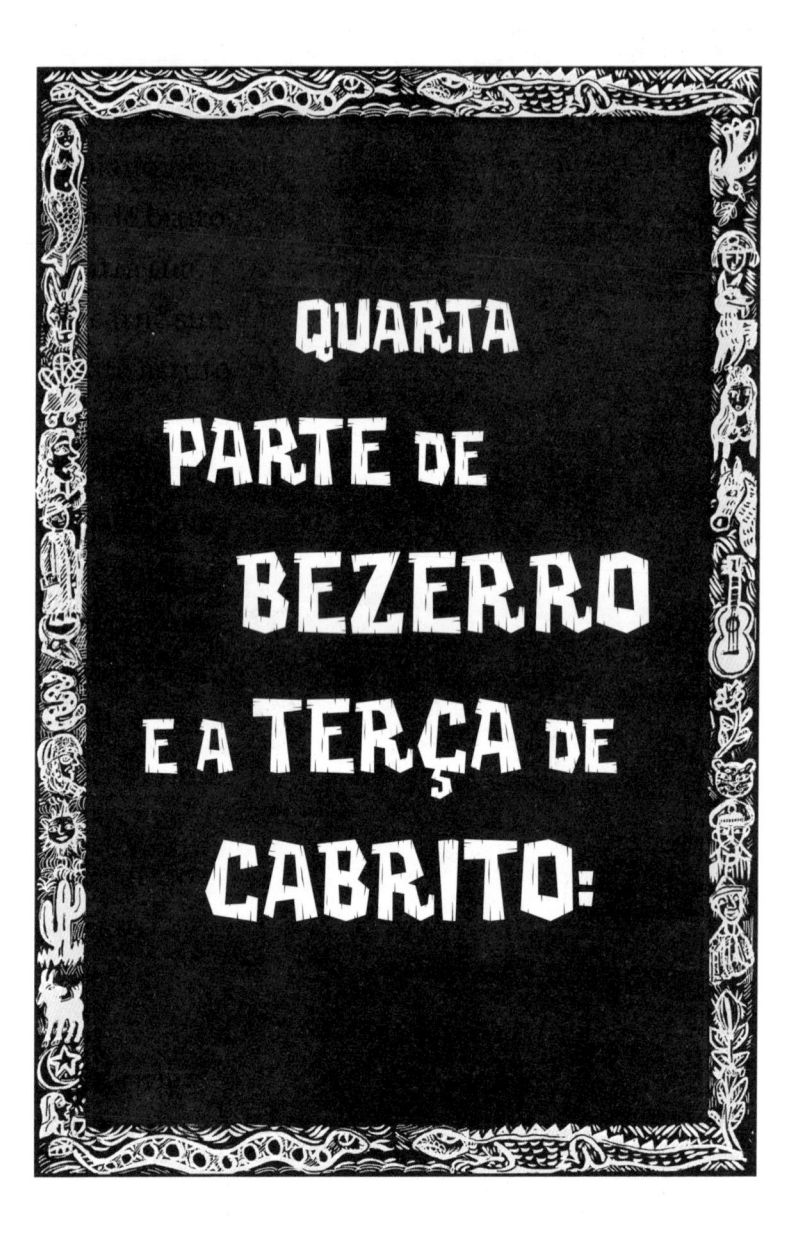

Dessa forma era o contrato
(Que era verbal, não escrito)
Entre o patrão fazendeiro
E Fabiano, o vaqueiro,
Como aqui já lhes foi dito.

Ocorre que, sem ter tempo
Para uma roça plantar,
O que lhe dava a partilha
Vinha a negociar
Com seu astuto patrão.
Sempre em dívidas, então,
Acabava por ficar.

Se mensalmente guardasse
Parte do salário dele,
A cama que sua esposa
Sempre pedia pra ele
Já podia ter comprado.
Mas, sem poder, o enfado
E o pesar cresciam nele.

E assim, com o seu ganho
Sendo menor que o valor
Das necessidades básicas,
Por um preço inferior
Seus cabritos e bezerros
Vendia ao patrão. "Há erros
Na conta!" – achava, leitor.

Ele reclamou um dia
Das contas ao seu patrão.
"Cabra, não existe erro!
Acha que eu sou ladrão?" –
O patrão lhe respondeu.
"Desculpe! Foi erro meu!" –
Disse, a temer demissão.

Não só aceitou as contas,
Como conselhos também.
"Juízo! Do seu futuro,
Cuide e tudo fica bem!".
Ao seu patrão fazendeiro
Agradeceu o vaqueiro.
Saiu com raiva, porém.

Vendo-se só, frases soltas
Ele passou a dizer:
"Quem é do chão não se trepa!
Ninguém vive sem comer!
Dinheiro anda a cavalo!"
E, com visível abalo,
Foi alguns tragos beber.

Quando não tinha mais nada
Para ao seu patrão vender,
Pediu dinheiro emprestado,
Que iria devolver
Quando o balanço fizessem,
Permitindo que soubessem
O que tinha a receber.

Já no primeiro balanço,
Furioso ele saía.
O caso se deu assim:
Em casa, a esposa havia
Posto sementes no chão
Para ver quanto ao patrão
O seu esposo devia.

Assim, foi fazendo a conta
Tirando ou pondo semente.
Fabiano acompanhava
Sem entender, mas contente
Por ter mulher tão sabida.
Com a conta concluída,
Foi ao patrão sorridente.

Logo após o fazendeiro
As próprias contas mostrar,
E, em relação às contas
De Sinha Vitória, estar
Com um total diferente,
Fabiano novamente
Começou a reclamar.

A conta dela o patrão
Examinou com apuro.
Logo disse: "A diferença
Nessas contas é o juro".
Certo que era roubado,
O mui ingênuo empregado,
Com o patrão, foi bem duro:

"Sei que sou bruto. A mulher
Possui miolo, porém.
Vivo como **escravizado**
Que nunca **alforria** tem,
Pois passo a vida no toco,
Sem sossego, no sufoco.
Tomar-me tudo convém?".

O patrão ficou zangado
E, frente àquela insolência,
Ordenou que Fabiano
Procurasse com urgência
Outro emprego. Fabiano
Desculpou-se, vendo o dano
De não ter tido prudência.

Falou ao patrão: "Bem, bem,
De barulho não preciso.
Eu confiei na mulher
Porque não tenho juízo.
Sou bruto. Não tenho jeito.
Mas as pessoas respeito.
Meu trabalho valorizo".

Disse o patrão: "Está bem.
Dessa vez vou perdoar!".
Fabiano, agradecendo,
De costas deixava o lar.
As esporas enganchou
Na porta. Quase tombou,
Mas veio a se equilibrar.

Na esquina, tomou fôlego.
Por que assim era tratado?
Contou o dinheiro para
Ver quanto fora roubado.
"Inventou um tal de juro
Pra me roubar. **Esconjuro**
Esse ladrão desgraçado!".

Lembrou-se dum incidente
Que antes da seca ocorrera:
A um magro porco, num dia
De apuro, recorrera.
Matou-o antes do tempo
Pra vencer o contratempo
Pelo qual se abatera.

O homem da prefeitura,
Que das cobranças cuidava,
Tão logo o viu com as carnes,
Com o recibo chegava.
Fabiano disse assim:
"Ninguém informou pra mim
Que isso taxa custava!".

"Vender porco tem imposto!". –
O cobrador lhe falou.
"Não é porco. São pedaços." –
Fabiano argumentou.
O cobrador, não gostando,
Com fúria o foi insultando,
E ele se apequenou.

Logo depois, desculpou-se:
"Sendo meu este **cevado**
Achei ser certo vendê-lo,
Mas isso é caso encerrado.
Com o governo, não brigo.
Se há imposto, me obrigo
A não vender. Obrigado!".

O cobrador engoliu
A palavra do matuto.
Deixou-o ir. Fabiano,
Que se chamava de bruto,
Mal chegou à outra rua,
Foi vendendo a carne sua,
Achando-se muito astuto.

Mas pra ele, infelizmente,
Muito mal tudo acabou:
Vendo-o, o cobrador
Depressa o talão puxou
E lhe cobrou alto imposto.
Por conta desse desgosto
Nunca mais porcos criou.

O que lhe dera o patrão
Só lhe cabia aceitar.
O que podia fazer?
Se fosse se retirar
Da fazenda, aonde iria?
A família sofreria,
Bastante iriam penar.

Tudo era contra ele.
Acostumado já estava.
Tinha a casca muito dura,
Mas, às vezes, se cansava.
"Isso enfraquece a moleira.
Se o cabra fizer besteira,
Se desgraça!" – lamentava.

Não viam que ele era
Um homem de carne e osso?
Era qual escravizado
Desde os seus tempos de moço!
Não era culpado, enfim,
Por ter a sina ruim
Do avô, do pai... Que destroço!

Tinha vindo ao mundo para
Animal brabo amansar,
Curar feridas com rezas
E cercados consertar...
Coisas que fazia bem
Como o avô e o pai também.
Iam os filhos se livrar?

Quando palavras difíceis
Algum rico lhe dizia,
Ele saía enganado,
Há muito tempo sabia.
Aquela história de juro
O colocara em apuro.
O que a mulher lhe diria?

Toda palavra bonita
Servia pra acobertar
A ladroeira dos ricos,
Mas gostava de gravar
Algumas palavras belas.
Em contexto impróprio, delas
Vinha a se utilizar.

Não pretendia mais nada
Se dessem o que era dele.
Era igualzinho a cachorro:
Só davam ossos pra ele.
Parte dos ossos, porém,
Queriam os ricos também.
Que desrespeito era aquele?

Totalmente transtornado,
Em uma bodega entrou.
Mas havia muita gente
No balcão, e recuou,
Pois, de aglomeração,
Sempre tivera aversão.
O lugar, assim, deixou.

Bebera no Seu Inácio,
Vinha-lhe a recordação,
E um soldado amarelo
O conduzira à prisão,
Onde ele, além de preso,
Foi alvo de menosprezo
E de pisa com facão.

Iria voltar pra casa
Para tentar descansar.
No entanto, tinha a certeza:
Na cama iria rolar
E pensar a noite inteira
Na justiça traiçoeira
Feita pra lhe atrapalhar.

O que podia fazer?
Não iria fazer nada.
Trabalharia pra os outros
E, em alheia morada,
Viveria com a família.
Assim seria a vigília,
Antevia o camarada.

Com sua faca de ponta,
Um cigarro preparou.
Lembrar-se de coisas boas
Inutilmente tentou.
Viu no alto a papa-ceia
E se lembrou de Baleia,
A parceira que matou.

CAPÍTULO 11
O SOLDADO AMARELO

NA VEREDA QUE LEVAVA À LAGOA SECA, UM DIA,

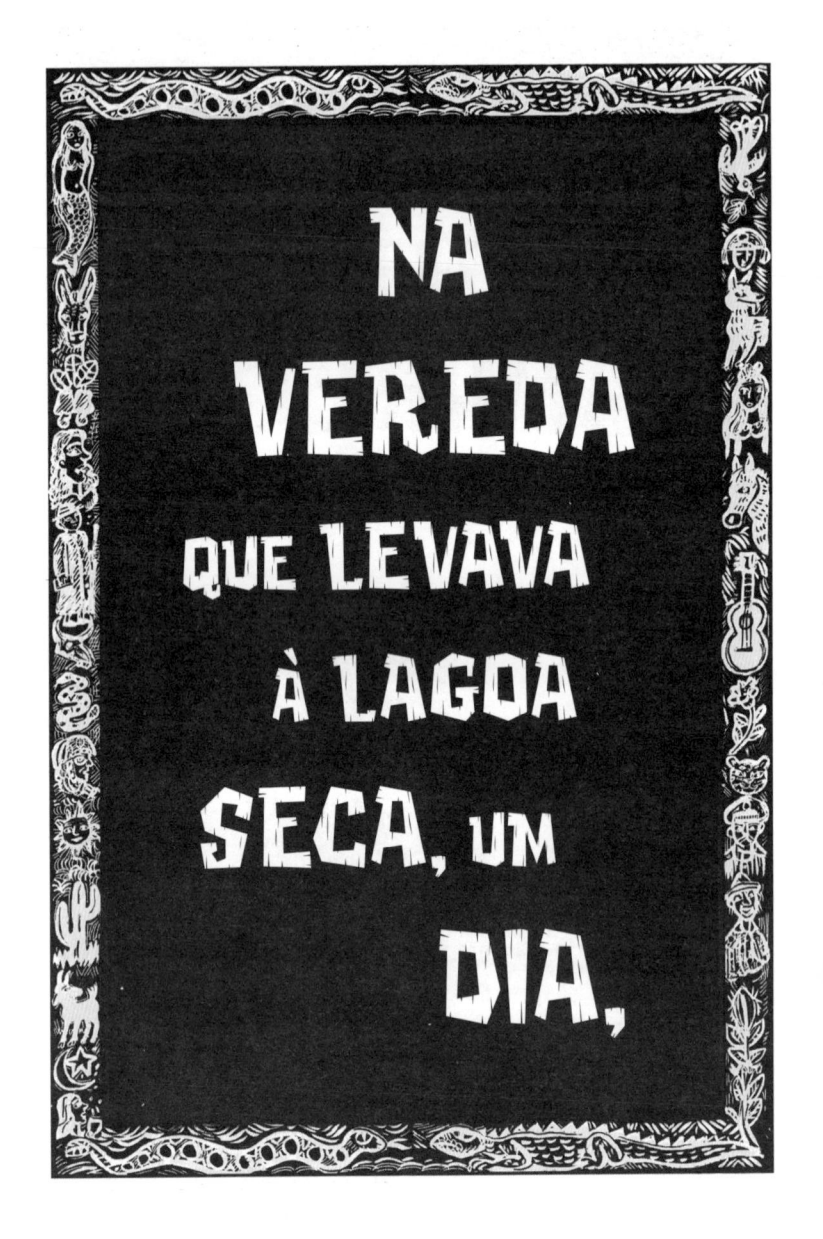

Fabiano se meteu,
E, como sempre, seguia
A examinar o chão.
Rastros de animais, então,
O vaqueiro distinguia.

Corcunda, ele parecia
Todo o solo farejar.
Cada animal que passara
Veio a identificar,
Sabendo o que tinham feito.
Pra avançar, só tinha um jeito:
Galhos e arbustos cortar.

Por isso tinha na mão
Seu facão bem amolado.
Também levava o aió,
O qual pendia num lado.
Sem temer cobra e espinho,
Ia limpando o caminho,
Pelas plantas estreitado.

Frente ao soldado amarelo,
De repente, ele se viu.
O vaqueiro Fabiano,
De pronto, um furor sentiu
Ante quem nele pisara
E à prisão o levara,
Quando um grupo o acudiu.

Deu vontade de matá-lo
Pra se vingar do pisão,
Da cadeia e também
Da surra com um facão.
Vingaria com urgência
A arrogância e insolência
Daquele maldito cão.

Ocultaria depois
O corpo na caatinga.
Sem temer os urubus
Que viriam com a catinga,
Sem remorso, dormiria.
Depois, num bar entraria
Pra desfrutar uma pinga.

Mas, pra sorte do amarelo,
Ele respirou bem forte
Pra não levar o covarde
Aos braços frios da morte.
Um golpe só do facão
Iria levá-lo ao chão
Com fatal, terrível corte.

Quase que acontecera
Isso involuntariamente,
Pois, sem vê-lo, Fabiano,
Em um galho à sua frente,
Forte golpe veio a dar.
Quase atinge o militar
Com esse golpe potente.

Quando viu o amarelo,
Notou que ele tremia.
Fabiano até pensou
Em punir a covardia
Daquele reles soldado
Com outro golpe bem dado,
Mas viu que errado seria.

Impropérios, entretanto,
Lhe dirigia na mente:
"Cachorro! Covarde! Vil!
Era cão, não era gente!
Um sem-vergonha e **mofino**!
Era um bandido, um cretino,
Um desgraçado insolente!".

Por que batia o safado
Os dentes qual **catitu**?
Temia pela vingança
O cara de **baiacu**?
A vingança não viria.
No entanto, merecia
Pisa com mandacaru.

Nem precisava facão
Contra um homem como aquele.
Era tão atarracado
Que um murro matava ele.
Vendo tremer o fulano,
Na bainha, Fabiano
Colocou o facão dele.

Atrás duma catingueira,
O amarelo se escondia.
Como metade dum homem,
Dessa forma, se exibia,
Metáfora boa pra ele.
A fúria, pra sorte dele,
Do vaqueiro arrefecia.

Fabiano se lembrou
Que somente um palavrão
Dirigido à mãe do guarda
O conduzira à prisão.
Era coisa natural.
Não entendera o rival
Não haver má intenção?

"Palavrão é natural,
É só falar por falar.
Diz coisa ruim, mas não
É pra se realizar.
Mas se eu não domar a língua,
Poderei morrer à míngua!" –
Veio o vaqueiro a pensar.

Se dissesse "Desafasta!"
Para o amarelo soldado,
Como o tal reagiria?
Ficaria ali colado? –
Assim pensou Fabiano,
Tratado por paisano
Antes pelo atarracado.

Por qual motivo o governo
Aceitava gente assim?
Só se por gente direita
Não estava mais a fim.
Se polícia fosse um dia,
Também ele viraria
Uma pessoa ruim?

Iria também pisar
Os pés de algum inocente?
Poria alguém na prisão?
Iria bater em gente?
Não! Seria bom soldado,
Iria ser, do Estado,
Honrado e correto agente.

Foi ao encontro do guarda,
Que deu um passo pra trás.
Viu seu punhal e a pistola,
Que parecia incapaz
De usar naquela hora.
O vaqueiro, sem demora,
Mostrou ser homem de paz.

Vendo o rival a tremer,
Lembrou de lutas antigas.
Dançava, havia mulheres
E não temia as intrigas.
Uma vez, com uma faca,
Mostrou não ser gente fraca.
Findara o ardor para as brigas?

Saindo detrás da árvore.
Em que ele se escondia,
Disse o soldado, notando
Que perigo não corria:
"Qual o rumo da cidade?
Diga-me por caridade,
E agradeço a cortesia!"

Tirando o chapéu de couro,
O sertanejo pensou:
"Governo é sempre governo!".
Logo a seguir, se curvou
E ensinou o caminho
Ao amarelo mesquinho
Que tanto mal lhe causou.

CAPÍTULO 12
O MUNDO COBERTO DE PENAS

FABIANO VIRA QUE, DE ARRIBAÇÕES, SE COBRIA

O **mulungu** que bem junto
Do bebedouro existia.
Era mau sinal: sem rogo,
Ia o sertão pegar fogo,
A seca logo viria.

As aves vinham em bandos.
Aos chegarem, se arranchavam
No mulungu junto ao rio.
Da viagem descansavam.
Constantemente bebiam.
E, se comida não viam,
Logo para o sul rumavam.

Já sonhava com desgraças
O casal agoniado.
Os poços, o Sol chupava,
E o bando excomungado
A pouca água bebia.
Por certo, o bando queria
Exterminar todo o gado.

Para Fabiano, assim
Sinha Vitória falou.
Mas ele franziu a testa,
Um sinal que ele achou
O que ouviu extravagante.
"Como pode uma **avoante**
Dar um fim num boi?" – pensou.

Então julgou: não estava
A mulher **tresvariando**?
Sentou-se no copiar,
E o céu foi examinando.
Céu limpo de mau agouro.
Arribação matar touro...
Ela estava regulando?

A intenção dela era
Difícil compreender.
Uma ave tão pequena...
Desistiu de entender.
Um cigarro preparou.
Tragada longa chupou.
Novamente o céu foi ver.

Espiou os quatro cantos.
Para o norte se voltou.
Após uma breve análise,
O sertanejo exclamou,
Contemplando o céu profundo:
"Xi! É mesmo o fim do mundo!".
Disse e o queixo coçou.

Pisar descalço no solo
Era como andar em brasas.
Pensava, tendo o silêncio
Sido cortado por asas.
Então disse imprecações:
"Malditas arribações!
Voltem já pras suas casas!".

Depois passou a pensar
No que a mulher tinha dito:
"Arribações bebem água.
E depois o gado aflito
Morre, pois água não tem.
Minha mulher falou bem,
Falou correto e bonito!".

Esquecendo-se da seca
Que estava se avizinhando,
Ele pensou encantado:
"Ela não tá variando.
A ideia dela é certa.
Minha mulher é esperta,
Besteira não tá falando!".

Com o aió a tiracolo
E a arma em um dos ombros,
Foi examinar de perto
O que lhe trazia assombros:
As aves que matam gado.
"Esse bando desgraçado
Deixa o sertão em escombros!".

Sentiu falta de Baleia,
Sua querida cadela.
Matá-la fora preciso,
Pois muito sofria ela.
Depois de tê-la matado,
Difícil tinha ficado
Sem a companhia dela.

Mas que mordesse os meninos,
Consentir não poderia.
Vai que as pobres das crianças
Pegassem hidrofobia...
Mas sentia falta dela.
Esquecer-se da cadela
Tentava e não conseguia.

Era a maldita espingarda
Que não deixava esquecer.
Quis dar um tiro fatal
Para ela não sofrer.
Nas pedras das cobras, ele
Vira morta a amiga dele.
De urubus virou comer.

Foi chegando ao bebedouro,
Vindo, então, a escutar
O louco bater de asas,
Com o bando a disputar
A água que ali minguava,
Já que o sol, sem dó, sugava
Toda a água do lugar.

Completamente invisível
O mulungu se encontrava
Dada a multidão de aves
Que na árvore se arranchava.
Quando o bando aparecia,
Tudo no sertão sumia,
Nenhuma coisa ficava.

O gado iria morrer,
E o vaqueiro sofria.
Suspirando, perguntou
Sobre o que ele faria.
Iria arribar de novo
Com o seu sofrido povo?
Outra saída haveria?

Fez mira com a espingarda
E o gatilho puxou.
Cinco ou seis aves caíram,
E o bando se espalhou.
De sombras o chão se encheu.
A árvore reapareceu
Logo que o bando o deixou.

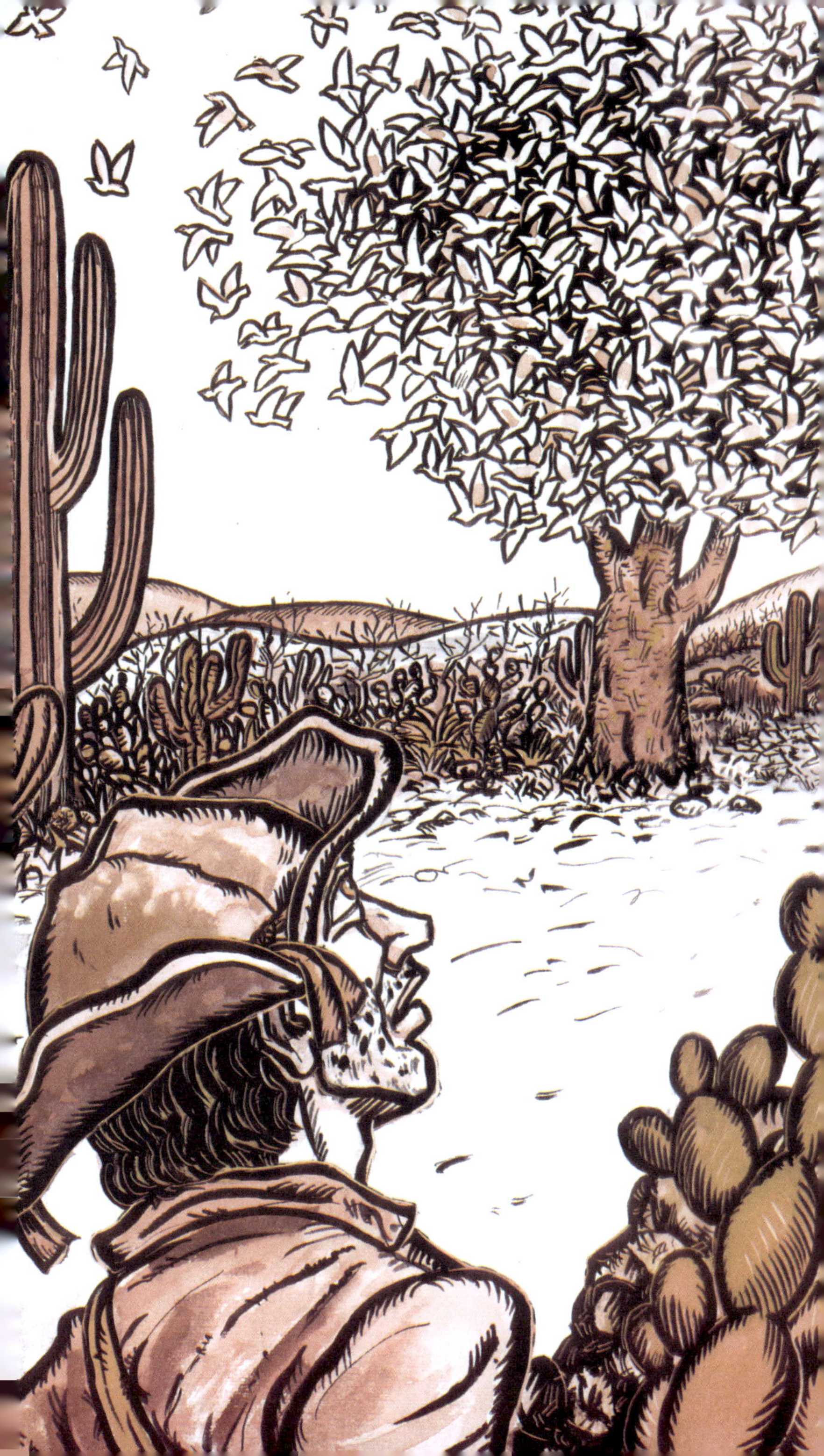

Um novo tiro ele deu,
Mas nenhum prazer sentiu.
Comida para uns três dias
O vaqueiro reuniu.
Tendo mais chumbo, talvez
Carne para todo um mês
Ele levasse, intuiu.

Vieram ideias esparsas:
Os juros do seu patrão.
Era Sinha Terta a mais
Sabida da região.
Avoante era flagelo.
O vil soldado amarelo.
A pisa lá na prisão...

Fabiano, **encaiporado**,
Um murro na coxa deu,
Pois de coisas tão ruins,
Com pesar, nunca esqueceu.
Deveria ter matado
O amarelo soldado
E peitar o patrão seu...

Talvez estivesse preso,
Mas seria respeitado.
Estava livre, mas era
Como cachorro tratado.
"Mate amarelos e aqueles
Que passam ordem pra eles!". –
Pensou muito transtornado.

E como gesticulava
O vaqueiro com furor,
Logo sentiu muita sede
Sob o imenso calor.
Só água **salobra** havia.
Mesmo assim, ele bebia,
Com as mãos em concha, leitor.

Passou uma nuvem de aves
Sobre a cabeça dele.
"Miseráveis!" – imprecou
Com bastante fúria nele.
"Suas irmãs vou salgar
E em cordas pendurar!" –
Com raiva, bradava ele.

Com o resto do que tinha,
Ele pensava comprar
Bastante pólvora e chumbo
Pra mais aves alvejar.
Muita carne precisava
Conseguir, pois planejava,
Com a família, arribar.

Logo, a frágeis esperanças
O vaqueiro se agarrava:
Talvez não viesse a seca
Que no horizonte apontava.
Podia chover ainda,
Voltando a ser verde e linda
A paisagem que enfeava.

Eram a causa da seca
As bichas excomungadas.
Seca não mais haveria
Se matasse as desgraçadas.
O resto de chumbo, assim,
Ele usou para dar fim
Às aves esfomeadas.

Não tardou pra perceber
Ser impossível dar cabo
De matar aquelas pragas,
E pensou: "Mas que diabo!
Sozinho em mundo coberto
De penas, estou bem certo,
Nunca este trabalho acabo!".

Pensou em Sinha Vitória:
"Uma mulher tão sabida,
Que sabe até fazer conta,
Só tem penado na vida.
Nem a cama que ela quer
Tem ela. É boa mulher,
Não cabe ser tão sofrida!".

Se Baleia fosse viva,
Iria se regalar...
Por que é que começava
O coração a apertar?
Coitadinha da cadela!
Só pela doença dela
A pobre veio a matar.

Então, olhou para o morro
No qual os preás saltavam.
Confessou às catingueiras,
Que as brisas embalavam,
Que só a matara um dia
Por conta da hidrofobia.
Em risco os filhos estavam.

Diante dos juazeiros
Fabiano se apressou,
Pois na alma da cadela,
De súbito, ele pensou,
Perdendo toda a coragem:
Fazia a alma **visagem**
Atrás de quem a matou?

Chegou em casa com medo
Na hora em que escurecia.
Sempre uns vagos tremores,
Naquela hora, sentia.
Mal-assombrado lugar.
Ia a mulher consultar,
Pois sair dali queria.

CAPÍTULO 13
FUGA

LOGO AS CONDIÇÕES DE VIDA FICARAM MUITO PESADAS.

Manejando seu rosário
Em rezas desesperadas,
Sinha Vitória sofria
Ante o verde que sumia
Nas plantas já ressecadas.

Sentado no copiar,
O seu esposo espiava
A caatinga amarela,
A qual já se desfolhava
Devido aos redemoinhos
Que espalhavam nos caminhos
As folhas. Tudo acabava.

Os garranchos se torciam,
Estavam negros, torrados.
Pareciam feias garras
De almas de condenados
A vagar pelo sertão,
Numa eterna danação
Por campos mal-assombrados.

As últimas arribações,
No céu, já tinham sumido.
Pelo carrapato, muito
Bicho havia perecido.
Mas Fabiano e os seus
Resistiam, tendo a Deus,
Por um milagre, pedido.

Mas quando só um bezerro
Naquele lugar restou,
Com a mulher, Fabiano
A partida combinou.
Logo o bezerro mataram,
A carne dele salgaram,
E a fuga começou.

Não fugiam só da seca,
Mas também do fazendeiro:
Com uma dívida muito alta
Junto ao patrão, o vaqueiro
Dele não se despediu.
De madrugada, partiu
Como um reles caloteiro.

Iam. A porta da frente
Sinha Vitória fechou.
Pelo curral e chiqueiro
Logo a família passou.
No lugar em que a cadela
Morrera, lembrando dela,
Sinha Vitória chorou.

Tomaram o rumo do sul.
Com a fresca da madrugada,
Andaram muito. Em silêncio,
Foi o início da jornada.
Três léguas tinham vencido
Quando viram o colorido
Véu da **barra da alvorada**.

Pararam pra contemplar
Aquela incrível beleza.
Em Fabiano assentou-se,
Nesse momento, a certeza
De que não retornariam,
De que à mudança os impeliam
Reveses da natureza.

Na verdade, não queria
Ter saído da fazenda.
A descrença na partida
Era enorme, era tremenda.
Lentamente a preparou.
A realidade negou,
Como se usasse venda.

Mas veio o momento em que
Teve de pensar bem sério
Em deixar aquela terra,
Que virava um cemitério.
Nada tinha o que fazer:
Tentar ali se manter
Se tornara um **despautério**.

Ele, examinando a barra
Que coloria o nascente,
Buscou na vermelhidão
Achar algo diferente
Que mostrasse nesse dia
Que a seca não chegaria,
Pelo menos, brevemente.

Mas o que verificou
Só lhe causou desagrados.
Seus braços, então, prenderam
Bastante desanimados.
A nova que a barra trouxe
O fez dizer: "**Acabou-se!**",
Como nos textos sagrados.

Desde o aparecimento
Das arribações, vivia
Muito desassossegado,
Tranquilo não mais dormia.
As feições ficavam sérias,
Já calculando as misérias
Que a seca atroz lhes traria.

Quando a barra se espalhou,
Iluminando a paisagem,
Sinha Vitória e o vaqueiro,
No chão, pegaram a bagagem:
Baú, aió, pederneira,
Comida, água e **peixeira**.
E retomaram a viagem.

A lembrança de Baleia
Tocava profundamente
A família que fugia
Da sequidão novamente.
Todos se lembravam dela,
Por tratarem a cadela
Como uma espécie de parente.

Orava Sinha Vitória
Para que Deus protegesse
Os meninos e que nada
De ruim lhes ocorresse.
No ordinário, era dura.
Mas deixou que, de ternura,
O seu coração se enchesse.

Sem aves, folhas e vento
(Fosse do sul ou do norte),
A manhã foi progredindo
Em um silêncio de morte.
O azul tomava o céu,
E o Sol, qual fogaréu,
Ia ficando mais forte.

Bem mais do que Fabiano,
Sinha Vitória mantinha
A sua fala em ação,
Mesmo que fosse sozinha.
Com monossílabos, ela
Falou com o esposo dela,
Pois necessidade tinha.

Fabiano resmungou,
Algo que sempre fazia
Se termo ininteligível
Ele não compreendia.
Mas gostou de conversar,
Pois o que estava a levar
O cansava em demasia.

Uma pergunta difícil
Sinha Vitória lhe fez:
"Por que não ter nova vida,
Mudar tudo desta vez?
Bem longe podemos ter
Nova forma te viver,
Ter um pouco de altivez".

"É, nós vamos e não vamos,
Contudo, isto é, conforme!" –
Respondeu-lhe Fabiano,
Numa sentença disforme
Com base em discurso alheio,
Prova de que seu aperreio
Ante à pergunta era enorme.

Aos poucos, reconheceram
Que só haviam vivido
Em terra alheia, não tendo
Nenhum bem adquirido.
Seguiriam novos trilhos,
Dando estudo para os filhos,
Nada sendo repetido.

"Uma nova ocupação
Poderá ter Fabiano.
Por que fazer sempre o mesmo
Todo dia, ano por ano?
A gente vai se aquietar
Pra não viver a vagar
Como se fosse cigano!".

Ele não lhe deu resposta,
Pois na mente atribulada
Tinha retornado, então,
À fazenda abandonada.
As lágrimas de saudade
Conteve. Mas, na verdade,
Na alma ela fez morada.

Os filhos sumiram numa
Curva que à frente havia.
"Se aguentarem, que andem
Ligeiro!" – o pai lhes dizia,
No instante em que notara
Que, da terra em que morara,
O limite ali se via.

Assim, achou que pra trás
Ficava naquele instante
O patrão enganador,
O amarelo petulante,
E Baleia, a cachorrinha
Que assassinado ele tinha...
Veria o erro adiante.

Recomeçando a conversa,
Fabiano elogiou
O corpo da mulher dele,
Que envergonhada ficou,
Mas disse: pra onde iriam
Vida bem melhor teriam.
O esposo duvidou.

"Por que não podemos ter
Cama igual à do Tomás?
Por que viver como bichos?
A gente não é capaz
De agir como ser humano?".
Respondeu-lhe Fabiano:
"O mundo é grande e voraz!".

Para uns morros bem distantes
Estavam os filhos olhando.
Perguntou Sinha Vitória:
"No que estarão pensando?"
"Como um filhote, é menino:
Não pensa e não possui tino!" –
Disse ele, divagando.

Rumando a conversa para
O que os filhos seriam,
Logo se notava o quanto
Nisso os dois não se entendiam.
Tudo porque Fabiano,
Para os filhos, tinha um plano:
Vaquejar eles iriam.

Dizendo "Não!" com a cabeça,
Quase que a esposa dele
Levou o baú ao chão,
Provocando um susto nele.
Ela o reequilibrou
E, de pronto, rechaçou
O que planejava ele:

"Vamos deixar o sertão
E viver uma vida nova.
Bichos e gente morrendo?
Gado e seca? Uma ova!
Não quero filho humilhado,
Sendo explorado e pisado,
Ir pra prisão, levar sova!".

Aquele sonho da esposa
O deixou bem deslumbrado.
E, além disso, a conversa
Fez que, do fardo pesado,
Não viesse a se lembrar,
Conseguindo caminhar
Todo o percurso alongado.

Pararam pra descansar
E para comer também.
Estavam mui satisfeitos
Por caminharem além
Do que tinham planejado.
Agora, o grupo cansado
Não andaria tão bem.

Na parada, ele pensou:
"Esse otimismo dela
Parece mais fantasia.
Porém, bem sabida é ela.
Levando um baú pesado
Na cabeça, o resultado
É esse delírio nela!".

Sob uma **quixabeira**,
Comeram carne e farinha,
Beberam uns goles de água
E descansaram, pois tinha
O grupo uma caminhada
Ainda muito alongada,
Só terminando à tardinha.

Um dos meninos roía
Um osso e o vaqueiro
Lembrou-se da cadelinha,
De quem era companheiro.
Depois, esquecendo a mágoa,
Quis procurar fontes d'água,
Porém, desistiu ligeiro.

Os meninos se deitaram,
Logo no sono pegando.
A mãe fumou o cachimbo.
Cigarro, o pai foi fumando.
Logo queixou-se o vaqueiro
De a égua do fazendeiro
Não estarem carregando.

Viu um bando de urubus
Bem lá no alto a girar.
"Talvez um cavalo fraco
Estejam a farejar!
Pestes!" – com fúria, bradou.
Por pouco, não acordou
Os filhos a descansar.

Odiava os urubus
Porque eles costumavam
Bicar os olhos das vítimas
Que ainda vivas estavam.
Pelo cansaço, decerto,
Achou que se achavam perto,
E a família espreitavam.

Vendo a aflição do marido,
Sinha Vitória acordou
Os dois meninos e logo
Toda a bagagem arrumou.
Parte do fardo do esposo,
Com seu jeito cuidadoso,
Ao primogênito passou.

O seu esposo aprovou
A brilhante ideia dela.
Que sorte ter se casado
Com uma mulher como aquela!
Do filho, era leve o fardo.
Não haveria retardo.
Como sabida era ela!

Conhecia um bebedouro.
Lá, à tardinha, estariam,
E, com a graça de Deus,
Água boa beberiam.
Lá a noite iam passar,
E todos, sob o luar,
Um ótimo sono teriam.

Pouco a pouco, a vida nova
Eles iam esboçando:
A um sítio pequeno iriam,
Só um tempo ali passando.
Pra cidade mudariam
E os filhos educariam,
O ciclo ruim quebrando.

Encantava-o o projeto
Da sua esposa querida.
Chegariam a uma terra
Ainda desconhecida.
Teria outra profissão.
Os filhos, com educação,
Teriam uma boa vida.

Metidos naquele sonho,
Para o sul eles seguiam.
Cidade com gente forte:
Era ali que aprenderiam
Os meninos coisas úteis.
Já os pais, quais cães inúteis,
Aos poucos definhariam.

O que fariam? Com medo,
Começaram a divagar.
Na terra civilizada,
Presos iriam ficar.
E o sertão, lugar deles,
Pessoas iguais a eles,
Pra cidade, ia mandar...

FIM.

II - O ADAPTADOR

O professor, escritor e pesquisador **Stélio Torquato Lima** nasceu em Fortaleza, em 8 de outubro de 1966. É doutor em Letras pela Universidade Federal da Paraíba (UFPB) e professor de Literaturas Africanas de Língua Portuguesa na Universidade Federal do Ceará (UFC), onde também coordena o Grupo de Estudos Cordelista Arievaldo Viana (GECAV). Como pesquisador, organizou, com outros colegas, as obras *No desfolhar dos folhetos: escritos sobre cordel* (2021) e *Literatura popular: memórias e resistências* (2022). Em parceria com o pesquisador e escritor Arievaldo Viana, publicou *Santaninha: um poeta popular na capital do império* (2017). Entre os cerca de 400 cordéis que publicou, incluem-se as adaptações dos livros *A divina comédia*, *Dom Quixote*, *Guerra e paz*, *Memórias póstumas de Brás Cubas* e *Macunaíma*. É também autor do livro de contos *Infâncias íntimas*.

III - O ILUSTRADOR

Jô Oliveira é pernambucano da Ilha de Itamaracá. Estudou na Escola Nacional de Belas-Artes do Rio de Janeiro e na Escola Superior de Artes Industriais da Hungria. Jô publicou diversos livros ao redor do mundo e participou de várias exposições internacionais de ilustração. Desenhista de selos postais, criou 59 peças filatélicas para os Correios, ganhou quatro vezes a medalha do Melhor Selo Brasileiro e por duas vezes conquistou para o Brasil o troféu de Melhor Selo do Mundo. Foi agraciado com o Prêmio Tucuxi de Ilustração de Livro Infantil, o Troféu Carlos Estevão de Humor em Recife e o Troféu de Grande Mestre dos Quadrinhos no Festival Internacional HQ-Mix em São Paulo. Pela Estrela Cultural, publicou as obras *Coração musical de bumba meu boi* e *Ceuci, a mãe do pranto*.

IV - A OBRA ORIGINAL

O livro *Vidas secas*, quarto romance de Graciliano Ramos, foi publicado em 1938 pela Livraria José Olympio Editora. Inicialmente, a obra teria como título O *mundo coberto de penas*, nome de um dos capítulos do livro, sendo o nome alterado para *Vidas secas* de última hora. Embora caracterizado como romance, o livro foi escrito como uma coletânea de contos, a começar com "Baleia", o primeiro da obra que escreveu, e que se baseou em um caso real. Dessa forma, os capítulos podem ser lidos separadamente, sem prejuízo para o entendimento do leitor. Afinado com o espírito da segunda geração modernista, o livro faz a denúncia das péssimas condições de vida dos sertanejos, que sofrem tanto pelas secas periódicas quanto pela desassistência dos poderes políticos, pelo tratamento desumano dos mais desvalidos pelas instituições do Estado, pelos patrões etc. Ao mesmo tempo, mostra a habilidade de Graciliano Ramos em representar o mundo interior das personagens, ainda que estas tenham dificuldade de dar forma aos seus sentimentos. Para além disso, a obra é marcada por uma linguagem objetiva, sóbria, sem excessos, incluindo o corte de adjetivos supérfluos. O livro já foi traduzido para várias línguas e recebeu um grande número de prêmios. Também inspirou o filme homônimo, um clássico do Cinema Novo, que foi dirigido p̶   ̶o̶ ̶ ̶ereira dos Santos e lançado em 1963. O filme, a propósi̶   ̶   ̶ ̶u a vendagem do livro, que já ultrapassou em muito a cente̶   ̶   ̶ição.

APÊNDICE

I - GLOSSÁRIO

Aboiar: emitir/cantar aboio (Cf. Aboio).

Aboio: canto dos vaqueiros, na maioria das vezes lento, para conduzir ou chamar a boiada.

Acabou-se!: provável referência à expressão "está consumado", dita por Jesus Cristo quando expirava na cruz (Cf. João, 19:30). Essa associação é reforçada por Fabiano ao dizer que estava com os braços impotentes, lembrando a condição de Jesus na cruz.

Aió: bolsa de caça, algumas vezes trançada com fibras de caroá.

Alazão: cavalo que tem o pelo cor de canela, com uma tonalidade simultaneamente castanha e avermelhada.

Alforje: duplo saco, fechado em ambas as extremidades e aberto no meio (por onde se dobra), formando duas bolsas iguais; usada no ombro para distribuir o peso dos dois lados.

Alforria: liberdade que se concede a um escravizado.

Alpercata: sandália, geralmente de couro. Variante: alpergata.

Aluvião: quantidade de areia, argila, cascalho etc. proveniente de erosão recente e que é transportado e depositado por correntes de água.

Amarelo: indivíduo sem valor moral, mesquinho, reles.

Arenga: desentendimento, discussão.

Arreio: conjunto de peças colocadas nos cavalos para serem montados.

Arribação: pomba campestre (*Zenaida auriculata*) que ocorre das Antilhas à Terra do Fogo, sendo observada por todo o Brasil. Chega a medir até 21 cm de comprimento, com o dorso pardo, cabeça com duas faixas negras laterais e manchas negras nas asas. Outros nomes com os quais é conhecida: arribaçã, avoante, bairari, cardigueira, ribaçã etc.

Avoante: um dos nomes da ave de arribação (Cf. Arribação).

Baiacu: tipo de peixe (*Tetraodontidae*) que tem a propriedade de inchar o corpo quando se sente ameaçado. Apresenta quantidades letais de veneno em seus órgãos, especialmente no fígado, ovários, olhos e pele. Outros nomes: baiagu, sapo-do-mar, peixe-balão e lola.

Baraúna: espécie de árvore (*Schinopsis brasiliensis*) da mesma família dos cajueiros. É nativa do Brasil, do Paraguai e da Bolívia. É comumente usada na medicina popular contra dores de dente e ouvido, nervosismo e no tratamento de verminoses em animais. Alguns dos seus nomes são braúna, coração-de-negro, ipê-tarumã, maria-preta-da-mata etc..

Barra (da alvorada): a primeira claridade do dia, formando uma tonalidade rubra no céu do lado do nascente.

Barreiro: terreno argiloso.

Bolandeira: no engenho de açúcar, grande roda dentada que gira sobre a moenda, transmitindo-lhe movimento.

Borralho: cinzas.

Bozó: jogo de dados em que o lance só é descoberto depois de feitas as apostas.

Brabo: selvagem, indomável. Variante: bravo.

Caatinga: bioma brasileiro, o único exclusivamente do país, o que significa que grande parte do seu patrimônio biológico não pode ser encontrado em nenhum outro lugar do planeta. Seu nome, originado do tupi *ka'a* [mata] + *tinga* [branca], faz referência à paisagem esbranquiçada apresentada pela vegetação durante o período seco, quando a maioria das plantas perdem as folhas e os troncos tornam-se esbranquiçados e secos. Ocupa uma área de cerca de 735.000 km², o equivalente a 10% do território nacional, e ocorre nos seguintes estados: Paraíba, Piauí, Ceará, Rio Grande do Norte, Pernambuco, Alagoas, Sergipe, Bahia, Maranhão e em parte do norte de Minas Gerais.

Cabra: modo informal de dirigir-se a alguém do sexo masculino no Nordeste brasileiro.

Cabreiro: desconfiado.

Camarinha: quarto de dormir.

Cambaio: aquele que tem pernas tortas.

Cambembe: pessoa sem valor ou importância.

Candeeiro: utensílio de formatos variados que, contendo líquido combustível e provido de mecha ou torcida, se destina a iluminar.

Cangote: pescoço.

Capão: formação arbórea de pequena extensão, volume e composição variados, e de aspecto diverso da vegetação que a circunda. Outros nomes: caapuã, capuão, capuão de mato, ilha de mato.

Carão: sermão, descompostura.

Caritó: prateleira ou nicho rústico nas paredes das casas sertanejas.

Carrapicho: referência aos pequenos espinhos ou pelos de diversas plantas do gênero *Desmodium* que aderem às roupas e aos pelos dos animais.

Cascudo: pancada na cabeça dada com os nós dos dedos. É o mesmo que cocorote.

Catingueira: árvore de 4 a 8 m da família das leguminosas (*Leguminosae caesalpinioideae*) originária das áreas do bioma da caatinga, desde as partes mais úmidas até o semiárido no Seridó. Suas folhas são consumidas pelos animais no início das chuvas, porém, posteriormente, adquirem cheiro desagradável, passando a ser rejeitadas. No entanto, durante o período seco, como ocorre com várias árvores da caatinga, suas folhas secas caídas ao chão são muito apreciadas pelos diversos rebanhos. Outros nomes: pau-de-rato ou catinga-de-porco.

Catitu: mamífero artiodáctilo da família dos taiaçuídeos. Quando adultos, medem de 75 a 100 cm de comprimento e aproximadamente 45 cm de altura. O peso varia de 14 a 30 kg. A espécie apresenta uma cauda vestigial e um focinho alongado com disco móvel terminal, patas curtas e delgadas e pés pequenos proporcionalmente ao resto do corpo. É também conhecido por caitatu, taititu, cateto, tateto, pecari, porco-do-mato e patira.

Cevado: porco castrado e criado para a engorda e posterior abate. Também é chamado de cevão.

Chocalho: espécie de sineta em forma de cone ou cilindro achatado que se prende ao pescoço do gado ou das bestas de carga e que, agitado pelo movimento do animal, produz um som baço, metálico, monótono; choca, cincerro.

Cilha: cinta larga, de couro ou de tecido reforçado, que cinge a barriga dos animais de montaria para apertar a sela ou a carga.

Cirro: nuvem, em geral de cor branca e aparência sedosa, formada por diminutos cristais de gelo e situada a altitudes que variam de 6.000 a 12.000 m.

Cocorote: pancada na cabeça dada com os nós dos dedos. É o mesmo que cascudo.

Copiar: alpendre das casas rurais nordestinas, com teto sustentado por madeiras e prumo, e que serve, às vezes, de varanda. Também chamado de copiá ou copiara.

Creolina: substância antisséptica extraída do alcatrão de hulha.

Cuia: recipiente geralmente ovoide, feito do fruto do coité ou cueira (*Crescentia cujete*).

Cumbuca: vasilha feita com a casca do fruto da cuieira.

Despautério: dito ou ação absurda, grande tolice; despropósito, disparate, desconchavo.

Emperiquitada: enfeitada demais. O adjetivo foi utilizado na adaptação com o intuito de fazer referência à associação da personagem Sinhá Vitória a um papagaio feita pelo marido.

Encaiporado: entristecido, caipora.

Esconjurar: lançar maldição sobre; amaldiçoar, apostrofar, desconjurar, renegar.

Escravizado: No original, o termo é grafado "escravo". A substituição do vocábulo visou ajustar a adaptação às concepções teóricas atuais, que defendem o novo uso para marcar que o negro cativo foi forçado a essa situação, não sendo, portanto, uma condição "natural", inerente ao indivíduo.

Esgaravatar: limpar as unhas com objeto pontudo (no caso do texto, uma faca).

Espinhela: nome popular do esterno, um osso chato, localizado na parte anterior do tórax.

Espora: artefato de metal que se prende no calcanhar do calçado e serve para roçar na barriga do cavalo para incitá-lo a apressar o passo ou correr.

Excomungado: maldito; amaldiçoado.

Fartum: odor desagradável de alguns animais, como o bode (daí o nome popular de bodum).

Freguesia: pequeno povoado, paróquia.

Gibão: casaco de couro, geralmente largo, usado por vaqueiros.

Guarda-peito: colete de couro utilizado pelos vaqueiros.

Imburana: árvore resinosa (*Commiphora leptophloeos*) nativa da caatinga, do pantanal e do charco e que alcança altura entre 6 e 9 m.

Seu nome popular deriva das palavras em língua tupi *y-mrb-ú* (árvore de água) e *ra-na* (falso), formando assim a palavra imburana (falso imbu).

Juazeiro: árvore (*Ziziphus joazeiro*) típica do semiárido brasileiro e que alcança a altura de 15 m. Seus frutos, do tamanho de uma cereja, são comestíveis e utilizados para fazer geleias, além de possuírem uma casca que é usada para fazer sabão e produtos de limpeza para os dentes. São também utilizados na alimentação do gado na época seca, período em que mantêm-se verde, enquanto a maior parte das plantas ressecam. Outros nomes: joá, laranjeira-de-vaqueiro, juá-fruta, juá e juá-espinho.

Légua: no Nordeste, já foi uma unidade de medida muito utilizada, equivalendo a 6 km. Atualmente encontra-se em desuso. Porém, há algumas pessoas, principalmente as mais idosas, que ainda utilizam essa denominação.

Macambira: é uma planta (*Bromelia laciniosa*) que possui caule cilíndrico e cujas folhas se encontram distribuídas em torno do caule, lembrando uma coroa de abacaxi. Possui vários usos, que vão desde a utilização da planta para evitar a erosão até como alimento para o gado. Como sua folha possui modificações que dão uma natureza espinhenta, é queimada antes de ser oferecida ao gado.

Mandacaru: planta (*Cereus jamacaru*) arbustiva e espinhosa da família das cactáceas. É nativa do Brasil e muito frequente no semiárido nordestino. O caule ou tronco colunar serve de eixo de sustentação e sua parte central, o miolo, contém vasos condutores da água e outras substâncias vitais à planta. É também chamado de cardeiro e jamacaru.

Mangação: zombaria.

Marrã: referência aos ovinos ou caprinos já desmamados. Tratam-se, portanto, de animais que, embora novos, já ganharam autonomia e não dependem mais da mãe para se alimentarem. Em algumas regiões pode se referir também a porcos e vacas.

Minimalista: artista que se expressa por meio do minimalismo, ou seja, reduz ao mínimo o emprego de elementos ou recursos.

Mofino: pessoa mesquinha, tacanha.

Mulungu: árvore (*Erythrina velutina*) que cresce de 8 a 12 m de altura. Possui caule espinhoso e folhas grandes. Suas flores são vermelhas vistosas em forma de candelabro. Floresce de julho a setembro, quando, nos lugares mais frios e secos, perde todas as folhas. No Brasil, ocorre no cerrado, na mata atlântica e principalmente na caatinga. Ocorre também em outros países da América do Sul. Outros nomes populares são: suinã, sanandu, canivete, corticeira etc.

Novilha: vaca nova que nunca ficou prenhe; bezerra.

Onomatopaico: relativo a onomatopeia, processo de formação de uma palavra a partir da reprodução aproximada, com os recursos de que a língua dispõe, de um som natural a ela associado (Exemplos: miau, tim-tim etc.).

Palma: cactácea forrageira e comestível, de origem mexicana, largamente difundida no Nordeste brasileiro. Possui caule cilíndrico e seus ramos, conhecidos como palmas (ou raquetes), são achatados, carnosos e em formato oval. Seu uso varia desde a alimentação ao gado e humana, paisagístico e cerca viva, como para a produção de corante natural, extraído de inseto parasita. Ente seus outros nomes, incluem-se urumbeta, cacto-de-cochonilha, palma-de-engorda etc.

Papa-ceia: outro nome dado ao planeta Vênus. O nome papa-ceia faz referência ao fato de ser a primeira "estrela" a aparecer, tornando-se visível no comecinho da noite, como se chegasse para o jantar. Outros nomes: estrela-d'alva e estrela da manhã (em função de também ser a última a deixar de ser visível a olho nu).

Pederneira: é um termo geral para qualquer arma de fogo com um mecanismo de ignição que use o sílex para gerar fagulhas e iniciar a ignição. Embora há muito substituídas pelas armas de fogo modernas, as armas de pederneira gozam de popularidade contínua entre os entusiastas do tiro com pólvora negra.

Pé-de-turco: pode ser um arbusto espinhoso ou uma pequena árvore (*Parkinsonia aculeata*). Cresce de 2 a 10 m de altura. Pode ter caules simples ou múltiplos e muitos ramos com folhas pendentes. As folhas e caules são sem pelos. As folhas são alternadas e penadas (15 a 20 cm de comprimento). As flores são amarelo-pálidas e atraem abelhas, pois são melíferas (servem para a produção do mel). Os nomes comuns incluem palo-verde, palo-verde-mexicano, espinho-de-jerusalém e rosa-da-turquia.

Pé de vento: vento forte ou rajada de vento; lufa, lufada, rabanada, rajada, refega, refrega, ventania.

Pedrês: animal que tem pintas brancas e pretas.

Peixeira: faca usada para cortar peixe.

Perneira: calça de couro bem ajustada ao corpo usada por vaqueiros.

Preá: pequeno roedor. Variantes: porquinho-da-índia e cobaia. A espécie tratada como animal doméstico é chamada também de preá-do-reino.

Quede: forma popular das expressões "cadê?" e "onde está?".

Quinquilharia: objeto de pouco ou nenhum valor ou utilidade; buginganga.

Quipá: planta (*Tacinga inamoena*) cujos hábitats são florestas secas tropicais e subtropicais (como as caatingas) e áreas rochosas. É usada para alimentação humana e animal. Seu fruto pode ser comido depois de retirados os espinhos minúsculos. Também é chamada de palmatória, palmatória-miúda, gogoia, cumbeba e pelo.

Quixabeira: árvore (*Sideroxylon obtusifolium*) de até 15 m de altura, da família das sapotáceas, nativa do Brasil, mais comum nos estados do Piauí e de Minas Gerais. Possui espinhos fortes, folhas oblongas e cartáceas, flores aromáticas e bagas roxo-escuras, doces e comestíveis. É também conhecida como quixaba, quixaba-preta, sapotiaba, espinheiro, coronilha, rompe-gibão e maçaranduba-da-praia.

Regionalismo: caráter do texto literário que se baseia em costumes e tradições regionais e que tem como uma de suas características o uso de linguagens locais.

O regionalismo tem uma tradição de quase 150 anos na literatura brasileira. Surgiu em meados do século XIX, nas obras de José de Alencar, Bernardo Guimarães, Visconde de Taunay e Franklin Távora. Entretanto, ganhou mais expressão nas obras da segunda geração modernista, principalmente nas escritas por Rachel de Queiroz, José Lins do Rego, Graciliano Ramos, Érico Veríssimo e Guimarães Rosa.

Rês: qualquer animal quadrúpede que se abate para a alimentação do homem.

Rincão: lugar afastado, longínquo; recanto.

Roseta: parte móvel da espora (Cf. Espora) em forma de roda dentada.

Salobro: água com sabor desagradável.

Sarro: resíduo de fumo e nicotina que adere aos tubos de cachimbo e de piteiras.

Sinha: abreviatura de senhora, sendo a forma feminina correspondente a "sinhô". Essa forma de tratamento (ou sua variante "sinhá") era utilizada pelos escravizados para se referirem à patroa. Quando se tratava da menina ou da moça branca, era também comum a expressão "sinhazinha".

Sucupira: designação comum a muitas árvores de diferentes gêneros. São cultivadas pelas madeiras nobres ou como ornamentais. Outros nomes: sapupira, sepipira, sibipira, sicupira e sipipira.

Tabefe: pancada aplicada com a mão; bofetada, sopapo.

Taquari: espécie de bambu. Pode atingir entre 6 e 18 m de altura e floresce a cada sete anos, quando seca completamente. É uma planta endêmica da Mata Atlântica, ocorrendo em estados como Bahia, Espírito Santo, São Paulo, Rio de Janeiro, Paraná, Rio Grande do Sul e Santa Catarina. Gruda na pele e causa ferimentos ao ser retirada. Outros nomes: criciúma, taboca, cará, taquari e lambedor.

Tava: variante popular de "estava". Formas do verbo "estar" produzidas por eliminação de fonemas iniciais (aférese) são também "tá" (em vez de "estar") e "teve" (em vez de "esteve") etc..

Tição: pedaço de madeira mal queimada; carvão.

Trempe: chapa de ferro com buracos arredondados, colocada em fogão à lenha sobre o espaço destinado ao fogo, para sustentar as panelas. Na obra, pedras substituem a referida chapa de metal.

Tresvariar: perder a razão, agir como louco.

Trinta e um: jogo de baralho em que são distribuídas três cartas a cada jogador, podendo cada participante pedir mais outras que lhe permitam se aproximar de trinta e um pontos.

Vareta da bucha: vara delgada de ferro ou de pau que termina numa das extremidades com uma rosca e que serve para limpar interiormente o cano das armas de fogo e para calcar a carga e a bucha dessas armas.

Verossimilhança: qualidade de ser verossímil (semelhante à verdade, ao verdadeiro).

Visagem: aparição sobrenatural; assombração, fantasma.